# 会うための別れ

過士行

短編小説集

菱沼彬晁 訳

晩成書房

過士行 近影

【参考】黒竜江省

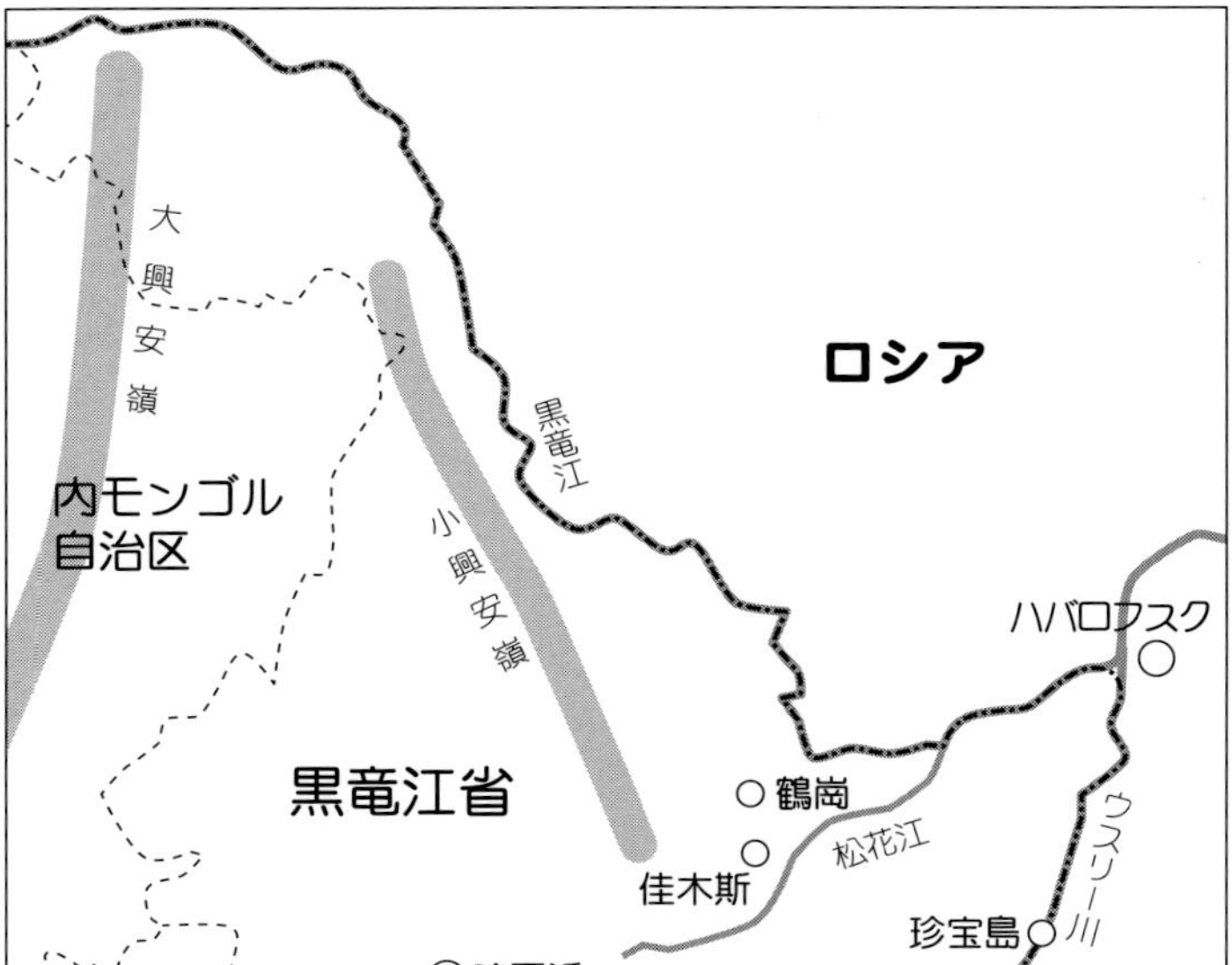
大興安嶺
ロシア
黒竜江
内モンゴル
自治区
小興安嶺
ハバロフスク
黒竜江省
鶴崗
ウスリー川
松花江
佳木斯
珍宝島
哈爾浜
牡丹江
吉林省
長春
ウラジオストック
0
300km

# 私の小説——序に代えて

過士行

私がまずなりたかったのは小説家でした。小学生のころの話です。小説に熱中していた六年生の五月、「文化大革命」が始まり学業は中断、小説は取り上げられました。書店にあるのは『欧陽海の歌』（列車事故で英雄的死を遂げた人民解放軍の兵士・欧陽海の小説化。金敬邁作。発行部数三千万部といわれる）、ゴーリキー（ソビエト文学育ての親、社会主義リアリズムの創始者と呼ばれ、代表作は『どん底』『母』など）の『マトヴェイ・コジェミャーキンの生涯』といった本だけになりました。

黒竜江省の北大荒（荒蕪地）開拓に志願して肉体労働に従事した時期、小説というものはどこにもなく、トルストイの『復活』をたまたま人から借りたときは、布団をかぶって懐中電灯を照らし二晩で読み終えました。もし見つかったなら、吊し上げの嵐にさらされるところでした。北京への帰省がかなったとき、友人たちを拝み倒しながら小説を借りて歩きました。この時期に手に入ったのは、ほとんどが十九世紀ロシアとフランスの小説でした。

北京で最初に見つけた仕事はある工場の見習い工でした。演劇界と関わりを持ったのは、北京晩報の記者となって演劇情報を担当してからです。北京人民芸術劇院の演出家・林兆華と知り合って劇作を勧められ、『鳥人』『魚人』『棋人』の三部作で世に認められることになりました。もはや小説を読む時間はなく、話劇（日本のかつての新劇に相当）の劇作家としての道を歩き始めました。

一九九四年前後、小説家になりたいという子ども時代の夢がまた頭をもたげましたが、小説の勘どころがつかめませんでした。この時期は二一世紀前半の世界の現代小説（主に二十世紀前半）を読みながら劇作を続けました。しかし、二〇一一年ごろから私は中国で話劇を続けていくことの難しさを感じていました。よい俳優が見つからなくなり、いくらよい構想を得ても立ち枯れになることが多く、芝居を書く気が起こらないまま、またもや小説を書こうとしている自分を見いだしました。

この本に収めたのは八篇、文革期の北大荒を主な舞台にしていますが、作品世界は時として時空のねじれを起こし、虚実の境目が不分明になって荒唐無稽の様相を呈します。すべて短編です。中国の作家はおしなべて長編を書きたがります。しかし、私が見て、これはという作品は数えるほどもありません。多くの作家はわずかなネタに水を注いで増量しています。困るのは読者です。現代の中国人は時間に追われ、長編小説をじっくりと腰を落ち着けて読む時間はありません。それに、はっきり言って、大多数の中国人は長編になるほどの人生を持っていません。それならば、生活の断片に拡大鏡を当ててその細部に分け入り、短編小説に仕立てて彼らに読ませてやろう、そう思ったのです。

この八篇の作品に取り組んでいるとき、訳者である菱沼彬晁先生のお励ましをいただきました。これがなければ、これほど多くの作品を書き上げることはできなかったでしょう。菱沼先生はあと二篇書けば、作品集としての厚みが出ると繰り返しおっしゃいましたが、私にはあと一篇書くのがやっとでした。この後、私は今度は演出家として、また「過士行演劇工作室」の主宰者として中国演劇界の一隅を占めています。小説はしばらくお休みです。今度いつ書くことができるか分かりません。この八篇が私の書いた小説のすべてなのです。

井上ひさし氏と過士行（2006年4月、新国立劇場で自作の『カエル』翻訳上演の際に訪日、鎌倉で）

二〇〇六年四月、日本の鎌倉の天ぷら料理店に井上ひさし先生のお招きを受け、酒を飲みながら私が小説を書こうとしていることについて話したことがあります。菱沼先生もご一緒でした。井上先生は私にお尋ねになりました。

「この世で小説は終わった芸術です。映画も終わった。

シンフォニーも終わった。どうしてあなたは小説などを始めようとするのですか？」

窓の外は雨でした。私はある作家の言葉を思い出して答えました。

「私は破滅に向かう運命にあるんです」

井上先生は煙草の煙を吐き出しながら言いました。

「私は小説の世界を抜け出して芝居を始めました。日本では芝居の方にまだ前途の見込みがあります。しかし、あなたがそう思い定めたのなら、おやりになるといいでしょう」

小説といっても、中国と日本とでは国情の違いがあるようです。中国で目下大流行なのはネットの小説です。アクセスランキングはいつも高位で、ある書き手は一年間で一千万元を超える稼ぎとなります。雑誌に発表するだけでは一字一元にもならないでしょう。ネット小説のレベルがどうなのかは、私にとってどうでもよく、天のみが知ることでしょう。

私が子どものころ読んだ小説は紙の上に記され、インクの匂いを発散していました。その強烈な匂いが私を引きつけたのです。だから私はこれからも紙の上の小説を書こうと思っています。

（二〇一六年八月八日）

# 会うための別れ――過士行短編小説集●もくじ

私の小説――序にかえて……………過士行　1

話せるものなら（原題・説吧）…………　7
真夜中のカウボーイ（原題・午夜牛郎）…………　29
熱いアイス・キャンディー（原題・火熱的氷棍児）…………　52
会うための別れ（原題・為了聚会的告別）…………　83
傷心やぶしゃぶ（原題・傷心涮肉館）…………　111
心の薬（原題・心薬）…………　145
ご本人様ですか？（原題・你是本人嗎？）…………　175
スマート殺人（原題・知識殺手）…………　209

解説…………飯塚 容　237

# 話せるものなら

（原題・説吧）

秋生《チュウション》が三歳になったとき、みんなはやっと気がついた。あ、この子は口がきけないんだと。この子を学校に入れてもらえるか、父親は死ぬ間際まで気に病んでいたが、なに、大きくならないうちに聾唖学校に入れれば何とかなると、母親は父親に何度も気休めを言って聞かせていた。

長兄の春生《チュンション》は秋生《チュウション》より十五歳年上で、秋生《チュウション》が小学校に上がるはずの年に結婚した。秋生《チュウション》は兄嫁によくなついた。兄嫁は兄には過ぎた美人だった。兄夫婦が近くの胡同《フートン》（横丁）に引っ越すと決まったとき、秋生《チュウション》は不承知を顔で表した。その新居は同じ町内だったが、もう毎日兄嫁の顔を見られない。彼女はまだ若いのに、世の中のこと、家の中のことをよくわきまえていた。ひっきりなしに秋生《チュウション》に話しかけ、彼の口を開かせようとした。入学前に人と話ができるようになれば、小学校の面接は難なく通る。兄嫁は根気よく秋生《チュウション》の相手をした。

だが、時代の風向きが変わった。兄の春生《チュンション》は工場の革命委員会の槍玉にあがって「毛沢東思想学習班」に入れられたのだ。工場に泊まりこみ、いくら食事つきとはいえ幽閉同然の査問を受け、思想上の疑惑について自白を迫られた。秋生《チュウション》は兄がなぜ家に帰ってこないのか分からなかった。兄嫁が秋生《チュウション》の家に来る足も間遠《まどお》になった。大人たちは秋生《チュウション》に説明を試みたが、彼はただ眼をぱちくりさせるだけで、分かって聞いているのかどうか、誰にも分からなかった。

端午の節句がやってきて、母親は一日中せっせと粽《ちまき》（身に覚えのない告げ口によって宮廷を追われ、入水して果てた憂憤の詩人・屈原《くつげん》の霊を慰めるため、命日の五月五日に粽を作って供物とした）作りに精を出した。最初の蒸籠《せいろ》が蒸しあがったとき、母親はナイロンの網袋に粽を六つ入れ、秋生《チュウション》に渡して言った。

「お前の義姉《ねえ》さんのところへ持ってお行き」

秋生《チュウション》は喜び勇んで兄嫁の家へ向かった。その横丁に着いたとき、簡易住宅（文革期に急造されたプレハブ式の住宅）の入口わきに最新式の自転車が乗り捨てられているのを見た。マンガン鋼の車体を銀白色に光らせた「鳳凰18型」だ。秋生《チュウション》はハンドルの鈴《りん》にさっと目を走らせた。鈴はまだついている。当時、自転車を知らないところにうっかり置いたりすると、鈴はあっという間になくなった。通りすがりのついでに、鈴をくるっと逆回しして、持っていかれてしまうのだ。鈴は二度と鳴ることはない。言葉の出ない人間と同じだ。鈴がついているのは、この自転車はここに置かれてまだ間がないということだった。

兄嫁は簡易住宅の二階に住んでいる。廊下の片側に居室が連なり、廊下にはそれぞれの世帯が炊事するためのコンロなどが置かれていた。どの家も食事中と見えて、廊下はがらんとしていた。ネギを炒めた濃厚な残り香がつんと鼻を突いた。

秋生《チュウション》は兄嫁の部屋のドアを引いた。内側から鍵がかかっていたので、ドアを叩いた。中から聞こえていた喘ぐような声がぴたっとやんで、知らない男のくぐもった声がした。

「誰か来たぞ」

兄嫁の声が答えた。

「あの人の弟よ」

「着るか?」

男の焦った声がして、兄嫁がシッと制した。

男はまた尋ねた。

「あの子、家に言いつけたりしないだろうな?」

「あの子は口がきけないの」と言ってから、

「それより、あの人はいつ出してもらえるの?」と尋ねた。

「すぐと言えばすぐだし、まだと言えばまだだよ。お前の態度次第だな」

兄嫁のすすり泣く声がした。

秋生《チュウション》は粽の網袋をそっとドアの前に置いて階段を下りた。自転車のところまで来たとき、さっと手を伸ばして鈴を外し、ズボンのポケットに入れた。もう陽は落ちているのに、どの部屋にも灯がともっていなかった。きっとまた停電だ。

秋生《チュウション》は兄嫁の部屋の前に立つ椿樹《チュンシュ》(チャンチン)の木によじ上った。停電のせいか、兄嫁の部屋はカーテンを引いていなかった。中はまっ暗で、何も見えない。彼が繋った木の枝を通して、部屋の中に目を凝らしたところへ、ぱっと明かりがついた。兄嫁の真っ白な裸体の上に、男のむきだしの太腿と、てっぺんの禿げた頭が浮かび上がり、よく見ると、頑丈そうな大男が蠕動を続けていた。秋生《チュウション》はぽかんとしてそれに見入った。

突然、怒鳴り声がした。

「どこのガキだ、木に登っているのは！」

秋生《チュウション》は足もとがふわっと浮いたかと思うと、木の幹をずるずると滑り落ちた。痛みを感じる間もなく、街灯の光が彼の眼を射た。彼はポケットからベルの鉦《かね》を取り出すと、街灯目がけて投げつけた。街灯はがちゃんと割れ、あたりは暗闇に包まれた。

秋生《チュウション》はすぐには帰らなかった。斜《はす》向かいの庭の窪みに身をひそめ、その入口から兄嫁の家の出入り口をうかがった。映画を一本見るぐらいの時間がたっただろうか。てっぺん禿の大男がこそこそと姿を現し、自転車を推したところで自転車の鈴がなくなっているのに気づいたのだろう。

「あのくそガキ！」と吐き捨てて自転車に飛び乗り、ペダルを力任せに踏んで走り去った。

暗がりを出た秋生《チュウション》は、街灯の電柱の下できらりと光るものを見た。それが自転車のベルの鉦であることを彼は分かっている。行ってそれを拾った。

秋生《チュウション》は暗い目を通りに投げた。街灯がぽつぽつとかすかな光を闇ににじませている。彼は片っ端から鈴を投げつけて、街灯を一つ一つ割って歩いた。街灯はみんな粉々になり、横丁は静かな闇に沈んだ。

家に帰り着くなり、母親が尋ねた。

「遅いじゃないか。お前の義姉さんがご飯を食べさせてくれたのかい？」

秋生《チュウション》はぼんやりと母親を見つめている。

「ご飯は食べたのかい、食べなかったのかい？」

秋生《チュウション》は首を振った。

「義姉さんには会えなかったのかい？」

秋生《チュウション》はうなずいた。

「粽は？」

秋生《チュウション》は身振りでドアの前に置いてきたことを伝えた。母親は察しをつけたのか、もう何も聞こうとはしなかった。だが、その目には疑いの色が残っている。

母親は粽を運んできて、彼に食べさせようとした。秋生《チュウション》はちらとそれを見ただけで、そっぽを向いた。

「ほら、着物を脱ぎな。洗ってあげるから。どこをどう、ほっつき歩いてきたのか知らないが、よくもまあ、汚してくれたもんだ」

夜、母親はかぎ裂きを作った秋生《チュウション》のズボンをかがりながら尋ねた。

「木に登ったのかい？」

秋生《チュウション》はうなずいた。

「何を見たんだい？」

秋生《チュウション》は口をつぐんだ。

「やれやれ、聞くだけ無駄かい」

母親はさらに言葉を継いだ。

「いいかい。世の中には子どもが見ちゃいけないものがある。子どもは何でもかんでも見ちゃ、いけないんだ。それを見たら、目がつぶれちまうよ」

秋生《チュウション》は茫然となった。

「これからは義姉さんのところへ行っちゃいけない。義姉さんだって、お前に話をさせたいわけじゃないんだからね」

秋生《チュウション》は顔をそむけた。


兄嫁の住む横丁の街灯は、また壊されてはまた修繕の繰り返しをしていた。街道《チエタオ》（町内住民の自治組織）の委員会は住民を招集して「安全会議」を開いた。公共の財物を破壊する人間に対して警戒心を高めつつ断固立ち向かい、階級闘争の弓弦《ゆみづる》を引き絞るようにとの通達が行われた。それにもかかわらず、この横丁の街灯はまた壊された。街灯工事の親方はとうとう癇癪を起こし、今度壊されたら、もう後の面倒は見ない、勝手にしろと住民を脅した。しかし、街灯はまたもや襲われた。

そう言えば思い当たることがあると、目撃証人がついに名乗り出た。街灯の壊された夜に限って、頭のてっぺんの禿げた男が鳳凰18型にまたがって、この横丁を走り過ぎていった。あれはこいらの者ではないと。

町内会のうるさ型で、「街道主任《チエタオ》」の赤い腕章をした金《チン》おばさんは、ある日その男の行く手に立ちふさがった。

金《チン》おばさんは誰何《すいか》した。

「同志、どちらへいらっしゃる？　どなたをお尋ねですか？」

頭のてっぺんの禿げた男は強気に突っぱねてきた。

「お前の知ったことか。余計なお世話だ。そこどけよ」

金《チン》おばさんも負けていなかった。

「私はこの町内の主任だよ。この横丁の街灯が次々に壊されて困っていたのさ。だがね。ついに見たという証人が現れたんだ。街灯が壊された日に限って、必ずあんたがここを通りかかるってね」

頭のてっぺんの禿げた男は、途端に怒鳴り始め、金《チン》おばさんはたじたじとなった。

男は言った。

「街灯だと？　笑わせるな。がたがた言う前に、俺の自転車のベルはどうしてくれるんだよ。ここへ来る度に、もう七つも盗まれているんだからな。何が町内会の主任だ。でかい面《つら》をするんだったら、俺のベルを返してくれ。この横丁は盗人《ぬすっと》の巣窟か？」

金《チン》おばさんの性格は油節約型のランプではない。一度火がついたら盛大に燃えさかる。それに喧嘩の場数を踏んで要領を知っていた。この場は、ことを大きくするに限る。この手ごわそうな男に立ち向かうには、この手が一番なのだと。

そこで金《チン》おばさんは喉を全開にして、金切り声を張り上げた。

「盗人だって？　犯人はこの横丁にいるってのかい？　そこまで言うんなら、この私をとっつかまえてもらおうか。殴るなり蹴るなり、さあ、やっとくれ」

付近の住人がぞろぞろ出てきて、騒ぎの見物を始めた。みんな金《チン》おばさんの味方だ。おばさんは勇気百倍、ここぞとばかりに攻めたてた。

「さあ、はっきりしてもらおうか。犯人はどっちなんだい。逃げようったって、逃がさないぞ。警察に来てもらって、白黒つけてもらおうじゃないか」

頭のてっぺんの禿げた男はたじたじとなった。態度を改め、金《チン》おばさんをなだめにかかった。

男はこの町内にある従業員の家庭を訪問しているのだと言った。彼はある会社の責任者だと名乗り、身分証明書を出して見せた。今度は町内会の連中が黙る番だった。何と、この男は泣く子も黙る革命幹部だった！　その上、彼が監督している工場は知らない者のない有名企業のものだった。こうして双方が互いに相手を誤解していることが分かり、この場にたちこめていた暗雲はたちどころに消え失せた。

頭のてっぺんの禿げた男は、一日も早く街灯破壊の犯人を捕まえるために、これからはしょっちゅうこの横丁に来て部下の家に潜伏し、事件が解決するまで協力を惜しまないことを約束した。金《チン》おばさんは町内を代表して感謝の意を表明した。

中秋（陰暦八月十五日）の前に兄の春生《チュンション》は放免されて家に戻った。母親はご馳走を幾皿も作り、冷えたビールと「英雄」印の煙草を買ってきた。ビールは魔法瓶に入れられて兄の帰宅を待った。兄嫁は母親を手伝って料理を作りながら、ときどき秋生《チュウション》にちらと目を走らせていた。春生《チュンション》はすっかりやつれていた。顔色は黒ずみ、ひっきりなしに咳をしながら「英雄」の煙を貪るようにして頬をすぼめ、深々と吸いこんだ。

兄嫁は言った。

「お義母《かあ》さん、煙草は体に毒なのに」

「やっちゃいけないことは、この世にはたんとあるんだ。だけど、あんたにやめさせられるかい？」

兄嫁は顔を赤らめ、黙った。

「秋生《チュウション》はいつ入学だ？」と兄が聞き、母親が答えた。

「入る前に面接があるからね。この子は、はねられやしないか、心配なんだよ」

兄は冷えたビールを、喉を鳴らして一気に飲み干し、母親に向かって言った。

「学校とかけ合うんだ。嫁《こいつ》にやらせればいい。とりあえず学校に入れるだけ入れてもらって、聾唖学校が決まれば転校する。それまで、何とか置いてもらうんだよ」

秋生《チュウション》の唇が少し動いた。

兄はそれを見逃さなかった。

「おお、どうした。何か言いたいのか」

唇を舐めた秋生《チュウション》に、兄がビールをつぐのを見とがめて母親は言った。

「馬の小便《しょんべん》、子どもに飲ませてどうする」

兄が応じた。

「ほら、馬の小便《しょんべん》、お前の分だ。構うもんか、鼻をつまんでぐいといけ」

母親が尋ねた。

「街の連中に会ったかね？」

「いや、まだだよ」

「お前が中に入ってから、横丁の街灯がしょっちゅう壊されてるんだ」

「どうせ、どこかのガキの仕業《しわざ》だろう」

兄嫁はをちらと秋生《チュウション》見て言った。

「ほら、料理を食べて」

母親は言った。

「金《チン》おばさんが言うのを聞いたんだがね」

また咳こみ始めた兄に、兄嫁は言った。

「煙草はそれぐらいにして」

食事が終わって、兄嫁は食器を洗い、母親は靴下の繕いを始めた。

兄は秋生《チュウション》の小さなベッドのところへ行こうとした。それを追って秋生《チュウション》がついてきた。

兄は弟に尋ねた。

「どうだ。話す練習、ちゃんとやってるか？」

秋生《チュウション》は何かしら屈託を持っているらしい。兄はそんな弟に目をやってから、腰を曲げてベッドの下をのぞき込んだ。ベッドの下に置いた靴箱の中に、秋生《チュウション》の玩具がしまってあることを知っている。秋生《チュウション》が折りたたみの腰掛けを持ってきて視線をふさごうとするのを見て兄は言った。

「どけ」

身を固くして動かない秋生《チュウション》を、兄は押しのけた。手を伸ばして靴の箱を引っ張り出すと、中にはパチンコ、パチンコの玉、毛沢東主席の胸像などの上に、自転車のベルの鉦《かね》が七つ乗っていた。

兄は秋生《チュウション》の頬を思い切り平手打ちにした。秋生《チュウション》は動物が喉をふりしぼるような叫び声を発した。言葉に馴致《じゅんち》されていない、ぞっとするような叫び声だった。

この声を聞いて飛んできた兄嫁は、靴の箱の中を見てぎょっとし、口ごもりながら言った。

「ぶ、ぶたないで！」

兄は言った。

「お前はあっちへ行ってろ！」

母親が来た。

「どうしたんだい？」

兄嫁はそこに立ちつくしている。

兄はまた言った。

「あっちへ行ってろ。何回言わせるんだ」

兄嫁は顔を蒼白にして出ていった。

兄は言った。

「俺が始末してくる。それとも牢屋に入りたいか」

兄は七つの鈴を学生カバンに放りこんで家を出、兄嫁は兄を追った。

母親は秋生《チュウション》に尋ねた。

「兄さんはお前をぶったのかい？」

秋生《チュウション》は顔色を沈ませたまま、唇を堅く結んでいた。


九月一日の入学式を前に、兄嫁は秋生《チュウション》を連れて学校へ行き、面接を受けた。教師は秋生《チュウション》に尋ねた、

「年はいくつですか？」

兄嫁は言った。

「この子は口をきけないんです」

「当校は口のきけない子をお受けすることはできません。聾唖学校へ行って下さい」

「聾唖学校にはもう申し込んであります。でも、今、空きがないんです。空きができ次第、転

校させますので、ひとまずこちらに置いていただけないでしょうか？」

教師は言った。

「これは規則なもので、私たちにはどうすることもできないんですよ」

教師の話を遮って、秋生《チュウション》が出しぬけに声を発した。

「ぼくは話せる！」

「どういうことですか？」と教師が尋ねた。

身をこわばらせ、見開いた兄嫁の両の目に、みるみる涙が浮かび、頬をつたった。

「本当にこの子はこれまで口をきいたことがなかったんです。毛沢東主席に誓って本当です！」

教師は言った。

「あきれた家族だ。それにしても、どういうことですか？　うかつにもほどがある。一緒に住んで、何を見てきたんです？　お住まいはどちらですか？」

兄嫁は答えた。

「時刻亮《シーコーリアン》胡同《フートン》です」

「あなたに聞いているのではありません」

秋生《チュウション》は答えた。

「屎殻郎《シーコーラン》（クソムシ）胡同《フートン》です」

教師は大いに笑った。入学手続きは順調に進み、入学が認められた。

兄嫁は秋生《チュウション》の手をぐいぐいと引き、逃げるように校門を出た。

兄嫁は言った。

「のどが渇いた。どこかでアイスキャンデーを食べよう。かき氷にしようかな」

秋生《チュウション》は黙って首を振った。

「あれ、また元に戻っちゃったの?」と兄嫁は言い、急に張り切りだした。

「さあ、入学だ。デパートへ行って、カバンや勉強道具を買わなくちゃ」

秋生《チュウション》は彼女とトロリーバスの乗り場へ行った。

秋生《チュウション》たちの住みかは北京の西北の外れにある。東の繁華街にあるデパートには来たことがなかった。一歩中に足を踏み入れた途端、秋生《チュウション》はぼうっとなった。宝箱をぶちまけたみたいに棚という棚、品物があふれ出している。

児童用品の売り場で、兄嫁は革ベルトを指さして言った。

「革のベルトを買ったげる。ビニールのはすぐぼろぼろになって、体操の時間にズボンがずり落ちたら、みっともないからね」

秋生《チュウション》は口をきかなかったが、兄嫁はそれを買い、古いベルトを外して新しいのに取り換えようとした。

「ちょっと長いけど大丈夫。すぐ大きくなるから」

兄嫁は跪《ひざまず》いて秋生《チュウション》のズボンに新しいベルトを通した。兄嫁の黒々とした短髪が彼の目の下で揺れ、彼の腹をこすった。すると、彼のチンポコが固くなり始めた。

兄嫁ははっと顔を上げて彼の尻をぴしゃりと叩き、まばたきしながら言った。

「何か、ほかのことを考えなさい！」

秋生《チュウション》が売り場を見回すと、スカートをはいた女の子がサンザシの赤いアイスキャンデーをかじっていた。

兄嫁はカバン、筆入れに始まって「中華」印の鉛筆、鉛筆削り器、いい香りのする消しゴムなど、勉強道具のほとんどを買いこんだ。

「アイスを食べるお金がなくなっちゃった。たくさん持ってきたのに」と兄嫁は言い、秋生《チュウション》は答えた。

「いいよ」

「バス代も足りなくなっちゃった。王府井《ワンフーチン》から徳勝門《ドーションメン》（西城区の北部）まで歩くのよ。いい？」

「義姉さんが歩けるんなら、ぼくにだって歩ける」

「すごい。難しい言い回しがちゃんとできてる」

ゆっくりと歩く兄嫁の後を、秋生《チュウション》は小走りで追いかけた。筒子河《トンズホー》（故宮の外堀）に着いたとき、兄嫁は言った。

「ひと休みしよう」

二人は背の低い塀にもたれながら、ゆったりと流れる河の面《おも》をながめた。

兄嫁は言った。

「魚がいる」

「見えた。タチウオだ」

「えー、あんた、何でも知ってるのね」

「積水潭《チーシュイタン》（北海公園《ベイハイゴンユアン》の北、什刹海《シーチャーハイ》の西湖）でハエを餌にしてタチウオを釣るのを見たんだよ」

「ばっちい！　そうだ。ちょっと聞くけど、あのとき、街灯を壊したのはあんたでしょう？」

秋生《チュウション》はおし黙った。

兄嫁は言った。

「子どもの目には、見ても分からないことがあるのよ。見間違いだってあるし、本当のことなんか見えないのよ。分かる？」

秋生《チュウション》は水面に向かってつばを吐いた。タチウオの群れが餌を争うようにうようよと寄ってきた。

「タチウオはつばを食べるんだ」

「真面目に聞いているのよ。あんたは何を見たの？　答えなさい」

秋生《チュウション》はまた黙りこんだ。

兄嫁は言った。

「いい？　あの日のこと、あんたが誰にも言わないんだったら、私もあんたのこと責めたりしない」

秋生《チュウション》は言った。

「もう帰ろう」

「まだ早い。急ぐことないわ。あんたのお兄さんとデートして、結婚を申し込まれたのはここだったのよ」

「兄さんは何て言った？」

「教えない」

「兄さんが好きなの？」

兄嫁はうなずき、秋生《チュウション》に尋ねた。

「あんたは？」

秋生《チュウション》もうなずいた。

兄嫁はまた尋ねた。

「兄さんにぶたれて、兄さんを恨んでる？」

秋生《チュウション》は首を横に振った。

兄嫁は言った。

「行こう」

二人は大通りを渡って右折し、景山《チンシャン》公園（故宮の北門にある公園）の東門に着いた。

兄嫁は尋ねた。

「景山《チンシャン》に登ったことないでしょう？」

秋生《チュウション》は首を振って答えた。

「もう帰ろう。腹が減った」

「まだ早いわよ。連れてってあげる。てっぺんまで登ると、景色がいいんだから」

二人は後山《ホウシャン》から階段を一段一段登り始めた。半分も行かないうちに、秋生《チュウション》は疲れて駄々をこねた。

「もう帰ろうよ」

兄嫁は言った。

「今登らないと、後で後悔するわよ。さあ、おんぶしてあげるから」

秋生《チュウション》は本当に疲れていたから、素直におぶさった。兄嫁は秋生《チュウション》を背中で持ち上げ持ち上げ、大股でぐいぐいと登り道を踏んだ。兄嫁の髪にただよう石けんの匂いを嗅いで、秋生《チュウション》は言った。

「いい匂いがする」

兄嫁は息を切らしながら聞き返した。

「何？」

秋生《チュウション》は言った。

「教えない」

兄嫁は言った。

「手を上に上げてくれない？」

秋生《チュウション》は兄嫁の豊満な胸を、アイロンをかけるみたいにごしごしとさすりながら、首筋にしがみついていた。

兄嫁はまた悲鳴をあげた。

「苦しい。死んじゃうわよ」

「どうしたらいいの？」

兄嫁は言った。

「その悪い手を下ろしなさい！」

秋生《チュウション》は背中でもがいた。

「もう降りる」

兄嫁は秋生《チュウション》を背負う手にぎゅっと力をこめて言った。

「降ろさない」

山道はどんどん高くなった。秋生《チュウション》は半べそをかきながら尋ねた。

「山のてっぺんからぼくを放るの？」

兄嫁は答えた。

「かもね！」

秋生《チュウション》はまた尋ねた。

「死んじゃうよ」

「かもね。こんな高いところから落っこちたら、死んじゃうかもね」

秋生《チュウション》はわあわあ泣き出した。

夕陽が山にかかり、あたりは暗くなり始めた。

# 真夜中のカウボーイ

（原題・午夜牛郎）

〈牛飼い〉の知青《ヂーチン》（知識青年）は豚づらだ。

赤紫色の顔いっぱいにニキビが吹き出し、女子学生たちの嫌悪の的《まと》になっていた。男子学生までが彼を小馬鹿にした。彼は頑なに鏡を見ようとしなかった。もし、そんなところを人に見られでもしたら大変だ。「猪八戒が鏡をのぞく」という謎かけ言葉がここぞとばかりに投げつけられる。その心は「鏡の中も外も人間じゃない。俺の居場所はどこにある。俺は一体何者だ。俺は一体何やってるんだ」ということから、人に合わせる顔がない、立つ瀬がないといった意味になり、普通には話し合いや喧嘩の仲裁に入ったのに双方から憎まれたり、恨まれたり、板挟みになったり、仲間はずれになったりしたときに用いられる、ごく日常的な言葉なのだが……。

前世紀の六〇年代末期、北京、上海、天津、哈爾浜《ハルビン》などの大都市から数十万を超す中高生が北大荒《ベイダーホアン》（黒竜江省の荒蕪地＝『傷心しゃぶしゃぶ』112ページ参照）の開墾に送りこまれ、彼らの新生活が始まった。

「貧農に学べ！」毛沢東の大号令に熱狂した知青《ヂーチン》たちは、上山下郷《シャンシャンシアシアン》（田舎行き）の片道切符を握りしめて人民公社の生産隊に入り、肉体労働を自らに課した。知青《ヂーチン》というのは、中学から高卒までの若者で、大学生や大学卒は含まれない。

彼らが目指したのは北大荒《ベイダーホアン》だけではない。さらに内陸の内蒙古、雲南省、山西省、陝西省へと勇んで馳せ参じ、これに地元からの参加組を加えると、その数は数えきれない。

北大荒《ベイダーホアン》の知青《チーチン》たちは集団で寄宿舎に泊まり込んだ。その一室は通路の両側がオンドル（一種の床暖房）になっており、片方に彼らが寝起きし、もう片方に彼らの荷物が十数個並べられて、一室二班の編成になっていた。

夜になると、知青《チーチン》たちはしゃべり疲れるまでしゃべり続けて寝《しん》についた。そのうち話題は自ずと女子学生に及んだ。自分の連隊では差し障りがあるので、別の連隊、さらには他省の兵団に配属された女子学生にまで、夜の品定めの枠が広がった。

豚づら〈牛飼い〉の宿舎は北京某中学の出身者で占められていた。そこで噂を一身に集めたのは、彼らの中学から雲南の「生産建設兵団」の配属となった一人の女子学生で、「白鶴《バイホー》（丹頂鶴）」というニックネームを奉られた。少年たちは口々にその少女の美しさを語り、誉め言葉を競い合った。

そのまつげの長さときたら、まばたきする度に地面の掃き掃除をしている。そのえくぼの深さときたら、泣いたときの涙がたまって海になっている。その肌の白さときたら、「雪花《シュエホワ》」印のクリームよりもっと白く、もっと柔らかい。そのすらりと伸びた足の長さときたら、男用二十八インチの自転車のサドルを一番高くしても彼女の踵《かかと》はまだ楽々と地面に着いている。彼女の身長は百六十八センチだが、その足は身長百七十八センチの人と同じ長さをしている……。

彼女は地元の学校に進駐してきた毛沢東思想宣伝隊のスターでもあった。バレエ劇『紅色娘子軍《ホンスーニアンズチュン》』（貧農の娘の革命への目覚めを描いた革命模範劇の一つ＝『傷心しゃぶしゃぶ』136ページ参照）では主役に抜擢された。軍用の半ズボンをはき、爪先立ちしながら、もう片足の純白で堅肉《かたじし》の太腿を高々と上げ、共産党の党旗に忠誠の誓いを立てたとき、多くの男子学生に中国共産党への入党を決意させることになった。

〈牛飼い〉はオンドルの一番端っこで、なりをひそめ、彼らの話を聞いていた。話が進み、誰が「丹頂鶴の君」の心を射止めるか、当てっこしようということになった。まずハンサムな男子の名前が次々に挙がったが、締めくくりはお定まりのように醜男《ぶおとこ》コンテストになり、今度は文句なく〈牛飼い〉が入選した。みんなどっと笑い崩れ、こんな快心の笑いはあろうかというほど笑ったが、〈牛飼い〉は別に腹も立たなかった。何であろうと、入選なら悪くない。

それから日が経って、誰も白鶴《バイホー》のことを話題にしなくなったとき、〈牛飼い〉の心に穴があいた。大事にしまっていたものがなくなったような喪失感だった。彼はそれを取りもどしたかった。

〈牛飼い〉は顔が不細工なだけでなく、何をやらせてもとろくさく、いつも周りをいらいらさせていた。同じ仕事をしていると、彼一人だけ怠けているように見える。ただ、食欲だけは誰にも負けなかった。食堂で彼を見かけたとき、その食いっぷりのよさに誰もが目を見張った。

この手の人間は集団での行動や作業には明らかに不向きだ——そこで連隊として彼に与えた任務は、一人だけでなし遂げられる仕事、あるいは一人でなければやれない仕事、つまり牛の飼育係だった。

連隊には二頭の大きな牛が飼われ、荷車を引いていた。一頭は去勢し、もう一頭はしていなかった。していない方は〈種つけ〉と呼ばれ、連隊のもて余しものだった。

〈種つけ〉は見上げるほどの巨体に精気をみなぎらせ、その堂々たる体躯は、あのスペインの闘牛もかくやと思わせた。しっとりした毛並みは日の光をてかてかと照り返し、思わず手の平でぺたっと叩いて、なでさすりたくなるほどだ。

〈種つけ〉はときに〈ろくでなし〉と悪態をつかれるのは、そのわけがある。種をつける相手があてがわれていないと、この牛は牛だけでなくほかの家畜に対しても、とんでもない狼藉に及ぶのだ。ある日、野菜の車を引いていたとき、道半ばで豚の群れに行きあったかと思うと、その雌豚に突進し、逃げる豚を追い回した。その下腹に抜きん出て、赤くしなる鞭状のものは、多くの女子学生の顔を赤らめさせた。

〈牛飼い〉が牛飼いを始めて間もなく、この〈種つけ〉は彼と濃密な友好関係を打ち立てた。そのわけは簡単だ。

牛に食べさせる餌は草が主だったが、補助の飼料として大豆の絞《し》め滓《かす》が与えられた。これは大豆の油を絞り、その滓を圧縮して作る。栄養豊富で、牛の大好物だった。牛が仕事に疲れたと見えたとき、この絞め滓を多めに混ぜてやる。疲れていそうにないときは草を多めに与える。

しかし、〈牛飼い〉のやり方は違った。牛が疲れていようがいまいが、いつも絞め滓を多く与えたのだ。絞め滓は腹もちがいいから、よく働くし、しょっちゅう餌を欲しがらない。その分だけ、彼の仕事が省け、楽ができるというわけだ。

〈種つけ〉に荷車の轅《ながえ》をつけるときが一苦労だった。牛は何か企みを持っているのか、あるいは人間の何かを見透かしているかのように暴れ出す。牛馬の扱いに慣れた親方連中までがこの牛に手を焼き、鞭を振り回しておどすしか能がなかった。

そこへ〈牛飼い〉がのっそりと現れ、この場をぴしゃりとおさえる。彼が「へい！」と一声かけると、〈種つけ〉は途端にお利口になる。手練《てだ》れの調教師から芸を仕込まれた動物のように、すいと荷車に繋がれるのだ。

〈種つけ〉は絞め滓をふんだんに与えられるようになってから、やたらと元気になった。一頭で二頭分の仕事をこなす代わり、豚の群れを追い回す騒ぎもやたらと増えた。〈種つけ〉は誰の手にも負えず、ただ牛飼いの言うことしか聞かなかった。炊事班の意見が一致したのは、メス豚が〈種つけ〉に追い回されるようになってから、てきめんに痩せ始めたということだった。

北大荒《ベイダーホアン》の夏は蚊が大発生する。血を吸うのは蚊だけでなく、糠蚊《ぬかか》といった一ミリほどの虫が牛の鼻や眼球にびっしりとへばりつき、人も襲う。特に糠蚊に咬まれたときの痒みは、咬まれた者でなければ分からないが、狂おしいまでのものがある。

オス牛が発情期を迎えると、その腹の下に抜きん出て赤くしなる鞭状のものに、糠蚊が真っ黒にとりつき、牛は身も世もなく悶え苦しみ、啼《な》き叫ぶ。

毎年、この時期になると、〈牛飼い〉はその部位に柄杓《ひしゃく》で水をせっせとかけてやる。自分の手が虫刺されでぶよぶよに腫れ上がるのも厭わなかった。彼にしてみれば、自分のしたいことをしているという愉快感、幸福感があったからだ。一方、〈種つけ〉の心に〈牛飼い〉に対する親しみと感謝の念が芽生えたことは想像に難くない。

ある夏の夜半過ぎのことだった。牛小屋から聞こえていた〈種つけ〉の鳴き声が妙に変わった。また、メス豚にでも思いを馳せているのだろうと人は思ったが、その声はやがて聞こえなくなった。

〈種つけ〉は手綱を引きちぎって走り出したのだ。風のある方向を探し、樹木を刈りこんだ防火帯を抜けて、その足はいつか兵団本部に向かっていた。それというのも、〈種つけ〉はそこからこの連隊に連れて来られた牛だったのだ。

そのとき、〈牛飼い〉は「丹頂鶴の君」の夢を見ていた。そこへ兵站《へいたん》部の小隊長が駆けこんできて彼を揺り動かし、逃げた牛を追えと命じた。

〈牛飼い〉は顔に似合わず肝っ玉が小さい。彼は小隊長に取りすがらんばかりに言った。一緒に行って下さい。こんな暗い中で「張三《チャンサン》」にばったり出会ったらどうします？　東北地方では狼のことを張三《チャンサン》と言う。小隊長は今夜宿直だから持ち場を離れられないと答え、懐中電灯を〈牛飼い〉に渡して一人で行くようにと因果を含めた。

連隊のあるコナラの林を出た途端、〈牛飼い〉は身の毛がよだつのを実感した。

星のない夜だった。大地は果てしない闇に閉ざされている。懐中電灯をいくら高くかざしても、光は漆黒の闇に吸い取られるかのように、どこにも届かない。草地は露を帯び、蚊や糠蚊《ぬかか》やらが雲霞のように湧いて出て、顔といわず手といわず襲ってくる。

彼は声を限りに叫んだ。

「おいーい、どこだ。〈種つけ〉！」

返事はなく、闇はさらに静まった。

耳をすますと、トラクターがプラウ（鋤《すき》）を引いている。ぴかっと光ったのは前照灯らしい。エンジンの音は闇の中、あるかなしの振動にも似て、聞こえたかと思うと、ふっと途切れる。どこか遠いところだ。

トラクターが畑に出る季節は、いつも飢えた狼がその後について走る。プラウが鋤き返す土に混じって、野ネズミやモグラがうろちょろする。狼はすかさずその爪にかけ、腹を満たすのだ。狼はトラクターの運転手を襲ったりはしない。運転手を食べてしまったら、畑を耕す人間がいなくなる。すると自分は野ネズミやモグラを食べられなくなると、狼は知っているからだ。

〈牛飼い〉は二里（一キロ）ほど進んだ。恐ろしさが募る。足はすくみ、歩みは重く、のろくなる。遠くに見えたトラクターの灯りが消えた。運転手がさぼっているのだ。トラクターが止まると、狼は野ネズミどもを捕まえられなくなるではないか。

〈牛飼い〉の恐れた通り、その夜は一匹の狼がぴったりとトラクターを追尾していた。エンジンの音が静まったとき、狼は〈牛飼い〉の叫び声にぴくりと耳を立た。次いで彼の高鳴る心臓の音まで聞き取り、ついに夜気の中にくぐもる彼の臭いまで嗅ぎ分けた。〈牛飼い〉は恐怖のあまり脇の下を黄色く塗らす汗をびっしりとかいている。その独特で強い臭気が狼を引き寄せることになった。狼は〈牛飼い〉目がけてまっしぐらに走り始めた。

〈種つけ〉の名を叫び続けてきた〈牛飼い〉は、喉がかれ、声が出なくなっていた。だが、はっと目を凝らした闇の中に二つの緑色に光る点が浮かび上がっているのに気づいた。それがぐんぐんと速度を増して近づいてくるのだ。南無三《なむさん》、張三《チャンサン》だ！　彼はトラクターの方向に声をからして叫んだ。

「助けてくれ！　狼だ！」

トラクターの運転手はおそらく居眠りしているのだろう。〈牛飼い〉の叫び声は運転手の耳に届かなかったようだ。

〈牛飼い〉は懐中電灯の光を二つの緑色の点に向けた。緑の点は止まった。彼から二十メートルほどしか離れていない。懐中電灯の光に浮かび上がったその姿は、一匹の年老いた灰色狼だった。姿勢を低く構えて、人間の出方をうかがっている。もし、相手が老人か女だったら、狼は間髪を入れず、飛びかかっていくだろう。だが、見たところ元気盛りの若者で、腕力も強そうだ。どう出たものか、狼は迷い始めた。狼は必ず勝てると踏んだ相手にしか勝負を仕掛けない。決して軽率な行動はとらないのだ。

〈牛飼い〉は知っている。走っちゃいけない。走ったら、あっという間に追いつかれて、がぶりとやられる。彼は土の塊を拾っては続けざまに、狼目がけて投げつけた。ナタを振り下ろすような勢いだった。

狼は二歩下がり、またそこにうずくまって小首をかしげた。〈牛飼い〉はその隙《すき》を逃さず、くるりと身を翻して走り始めた。後ろを振り返りながら宿舎の灯りを頼りに全力で逃げた。狼に飛びかかられたらお終いだ。振り返り振り返り、狼との距離を測った。

狼はつかず離れず追ってくる。彼が立ち止まると、狼も立ち止まる。彼が走ると、狼もまた走った。彼のふくらはぎがしこって、痛みを訴え始めた。全身が冷や汗にまみれ、次第に力が抜けてきた。

連隊のあるコナラの林が目前に近づいた。林を駆け抜ければ宿舎だ。連隊の犬たちは狼の気配を感じ取り、一斉に吠え始めた。しかし、深夜のことで、みんな寝静まっている。一日の労働で疲れ切った者たちの眠りは深い。人が出てくる様子はない。

〈牛飼い〉は林の中に走り込んだ。狼もついてきた。林の中はイバラや蔓草がびっしりだ。疲れた足が蔓にもつれ、からまって、どうと倒れ込んだ。懐中電灯は手を離れて、どこかへ飛んでいった。

狼は好機到来を知った。五メートルもの距離をひらりと飛び越し、前足の爪を彼の両肩に食い込ませた。牙をむいた狼の生臭い息を首筋に感じ、〈牛飼い〉の魂が遙か虚空に飛び去ろうとしたその瞬間、巨大な黒い影がぬっと彼に近づいた。あの〈種つけ〉だった。

〈種つけ〉はまず頭を地に這わせ、次に猛然と天を仰いだかと思うと、狼の身体は牛の角に深々と刺し貫かれ、十メートル以上投げ飛ばされていた。牛は荒い息をつき、狼に向かって目を怒らせた。年老い、痩せさらばえた一匹の灰色狼が、堂々たる巨体の種つけ牛にかなうはずがない。狼の緑の目はすっと光を失った。

〈種つけ〉は何ごともなかったかのように、背中を丸め、分厚い舌で〈牛飼い〉の顔をぺろぺろと舐めた。彼の顔はねっとりとした唾液にまみれた。彼は這い上がるようにして牛の首に抱きついた。牛は「モー」と一声啼《な》いた。

〈牛飼い〉の身体はがたがたと震えた。彼は〈種つけ〉の背によじ登った。牛は彼を乗せ、軽い足どりで連隊の宿舎の灯り目指して走った。

その夜、〈牛飼い〉は一睡もせずに〈種つけ〉に付き添った。うちわで扇いで風を送り、寄ってくる蚊を追い払った。牛はもの静かにもぐもぐと咀嚼を繰り返し、ときに唾液が口角からつーっと糸を引き、したたった。

この日から〈牛飼い〉と〈種つけ〉は影が形に寄り添うように、切っても切れない関係になった。〈牛飼い〉は牛小屋にこもった。何をしているのかとのぞいたならば、せっせと手紙を書く彼の姿が見られただろう。彼は手紙を書きながら〈種つけ〉を相手に読み聞かせていた。

あの時代、毎朝の「勉強会」があり、仕事に出る前の三十分、連隊の全員が宿舎の大部屋に集合した。まず一人が赤い表紙の「毛主席語録」を高らかに読み上げ、全員がそれに唱和する。次いでその日の新聞の読み聞かせだ。締めくくりは連隊長がその日の作業の段取りを発表して気合いを入れ、全員が持ち場に着く。

この日、毛主席語録を読み終えた後、新聞の読み聞かせが端折《はしょ》られた。代わりに連隊長が意味ありげな訓話を始めたのだ。

「最近、ブルジョワ階級がその野望を果たそうと蠢動《しゅんどう》を始めていることに警戒心を高めなければならない。いいか。ブルジョワとプチブルの思想は、隠そうとしても隠しおおせるものではない。必ずやその仮面をかなぐり捨て、正体を現して我々の健全な身体と組織を蝕《むしば》もうとするだろう。我々はこうした悪しき思想に対して断固とした闘いを挑まなければならない。我々の革命的闘志は揺らぐことなく、また、我々の連帯は決して分断されてはならないのだ！　ところで、諸君。我々の兄弟兵団の女性戦士に、あろうことか恋文なるものを書き送った愚か者がいる。この不届きな手紙は兄弟兵団の共産党委員会から当連隊に送り返されて、善処を求められているところだ。この事件の影響は極めて憂慮されるものがある。この処理を誤ったならば、我々の若い同志全員に深刻、かつ取り返しのつかない結果を及ぼすことになるだろう」

大部屋にさっと緊張が走り、みんな背筋を伸ばして座り直した。連隊長はさらに言葉を継いだ。

「このいかがわしい書面を読み上げて、諸君らの率直な討論に供し、その批判を待ちたいと考える。ええと……、親愛なる同志、丹頂鶴の君……」

どっと笑い声が起きた。

「同志諸君、静粛に！」

連隊長もつい声を高ぶらせた。

「この愛称であなたをお呼びすることをお許し下さい。ご存じないかもしれませんが、みんなはこっそりとこの愛称であなたを呼んでいます。というのも、すらりと伸びたあなたのおみ足は、湖のほとりに凛として立つ丹頂鶴の姿さながら、見る者の心を打つからです。その優美さ、その気高さは、まさに地を這う鳩の群れに降り立った一羽の鶴！」

会場のどよめきは地雷の爆発にも等しかった。百数十人の学生たちがてんでに議論を始めた。

一人の女子学生が憤怒の形相で、

「鳩の群れというのは一体、何の譬《たと》え、誰のことでしょうか？　書いた本人に釈明してもらうことを提案します！」

〈牛飼い〉の頭は次第に垂れ、ついにズボンの両足の間に隠れた。彼は祈り、心に誓いを立てた。連隊長、この恋文を誰が書いたか、それだけは明かさないで下さい。ばらされたが最後、もう誰にも顔向けができません。どうか僕のメンツを立てて下さい。これからは何があっても連隊長に跪《ひざまず》き、何でも言うことを聞きますから。

連隊長は騒ぎ立つ学生たちを手で制し、恋文を読み続けた。

「僕たちのここでの生活は単調です。仕事が終わった後、僕はオンドルに横たわり……（連隊長の地声に戻って）あ、ここに誤字が一つある。炕《カン》（オンドル）の字が土偏《つちへん》になっている。土偏《つちへん》のはずがなかろう。正しくは火偏《ひへん》でなければならん！　いやしくも知識青年と呼ばれながら、このような過ちを犯すとは、一体、どのような学習と読書をしているのか……。さてと、どこまで読んだかな？　……僕はオンドルに横たわりながら、いつもあなたのことを思っています。あの『紅色娘子軍《ホンスーニアンズチュン》』の英姿颯爽《えいしさっそう》たる場面が今も脳裏に焼きついて離れません。特にあのすらりとしたおみ足が高々と伸びたとき、（連隊長の地声に戻って）ん？　今度は一字抜けている。手は握ったとあるが、何を握ったんだ？　字が分からなければ、辞書を引くなり人に聞け。抜けたままにして手紙を出すとは、我々黒竜江省生産建設兵団の名折れ、面汚しと言わずして何と言おうか……。ところで、握ったとあるは何を握ったのか？　それは推測するに、拳《こぶし》の一字であろう」

大部屋はまた哄笑に包まれた。連隊長はさらに続けた。

「まあ、とりあえず、拳ということにしておこう……。拳を固く握り、党の旗に忠誠を誓う場面が今もありありと目に浮かびます。ここで、たってのお願いがあります。聞いていただけますか？　僕もまた栄えある中国共産党に入党の決意をし、あなたが所属する支部で一緒に働けるよう切望しております」

大部屋は煮えたぎった鍋をぶちまけたような騒ぎになった。高笑いに怒声が混じった。

連隊長はことさらに顔をこわばらせ、懸命に笑いをこらえていた。

「静粛に、静粛に！　連隊長として、これだけははっきりと言っておかねばならぬ。この手紙で最も許せないのは、入党の動機である。我々が栄えある共産党に入党するのは何のためか？世界の三分の二を占める圧迫された階級、抑圧された民族を解放し、失われた正義を回復するためではないか？　そして、最終的には全世界に共産主義社会を実現するためではないか？　イタリアに黒手党《マフィア》があると聞いたが、我々のところには太腿党《ふともも》があるのか？　女の太腿のために入党するなどということが許されていいのか？　どうなんだ！」

「許されませーん！」

連隊の全員が口をそろえて唱和した。連隊長が聞きとがめた。

「誰だ？　いいぞと言ったのは？」と大部屋に厳しい視線を投げかけた。

誰かと思ったら、山東省に戸籍を持っていたが、今は居住地の戸籍を捨て「盲流《マンリュウ》」と呼ばれて〝盲滅法〟流れ歩く出稼ぎ農民だった。居眠りをしていたのか、あるいは寝たふりをしていたのか、「いいぞ」と応じたのだった。

「この重大局面に寝ていたのか？　夕べどこへ行って、何をしてたんだ？」

またみんながどっと笑った。

この後も連隊長は〈牛飼い〉の恋文を読み続けたが、もはや彼の耳に入らなかった。頭の中が真っ白になり、全身に震えがきた。尻がもぞもぞし、氷の上に坐ったみたいにひんやりとした。ズボンがぐっしょりと濡れている。しまった。焦りの次に、恐れと恥ずかしさが彼の心を締め上げた。これに比べたら、狼に出会ったときの恐怖と緊張などものの数ではなかった。

時間が固まったまま過ぎた。何と長いことか。彼の心も固まったままだ。いっそあのとき、狼に食われていれば、今日みたいな目に遭わずにすんだのに。

とうとう恐れていたときが来た。連隊長が〈牛飼い〉の名前を呼び、

「立て！」と命じたのだ。

誰かが彼を突っついた。

朝の勉強会は、みんなが大部屋のオンドルに沿って座った。一列は寝起きする板敷きに、もう一列は片側の荷物置き場に並んでいた。〈牛飼い〉は他人の荷物に腰かけていた。彼が全身の力を奮い立たせて、オンドルから降りたとき、後ろにいた男が大声で叫んだ。

「こいつ、ションベンを漏らしやがった！」

荷物の持ち主は「何しやがる」といきり立ち、〈牛飼い〉の後頭部を平手でひっぱたいた。周りにいた何人かの学生もすかさず数発入れた。

連隊長はこれを制止し、声を励まして言った。

「手を出すんじゃない！　これは思想上の問題だ。人を殴っても解決しない」

〈牛飼い〉は震えが止まらなかった。じくじく湿ったズボンが太腿に貼りついていた。

連隊長はさらに訓話を続けた。

「ここで連隊長として厳正な処分を発表する。一方の当事者である雲南省兵団の丹頂鶴の君、とりあえずこう呼ばせてもらうが、君は自らの潔白を表明するために、この恋文を党の組織に提出

した。党は厳正なる調査を行ったところ、君はこの恋文と何の関係もなく、むしろ被害者であることが判明した。その結果、この恋文は当連隊に転送され、我々の自主的な処理に委ねられることになったのだ。我が党支部は慎重に検討を重ね、次の結論に達した。この一件は単に批判のための批判ではなく、あくまでも思想的な見地に立って行われなければならぬ。お前が自ら過ちを認めるよう教導することに重点を置くこととした。お前は真剣に反省をし、自己批判を行った上で、始末書を一式二通を書かなければならない。一通は我が連隊に保管され、もう一通は雲南省兵団に提出される。お前はまた、現在の職務に留まることは許されない。牛の飼育はあまりにもひま過ぎると言わざるを得ないからだ。ことわざに「衣食満ちて淫欲の心、貧すれば盗み心」とあるが、その悪しき心根を立つために、お前には次の重点作業を課すことに決定した。明日から牛の飼育係の任を離れ、レンガの窯場《かまば》に入ってもらうことになる。レンガを焼き、窯から取り出す仕事だ。骨惜しみなく、精を出し給え。さて、この恋文だが……」

連隊長は手にした手紙をひらひらとさせながら言った。

「これは君の身上書の袋に入れておく」と連隊長は彼に脅しをかけた。この恥ずべき証拠品がこれからの彼の人生に一生ついて回るのだ。

〈牛飼い〉はどうやってその場を離れたのか、もう覚えていない。夕食の時間になっても、食堂で彼の姿を見かけた者はいなかった。牛小屋で始末書を書いているのだろうと言う者もあった。

彼は一晩中牛小屋を離れなかった。ほかの人間に合わす顔がない。お昼過ぎ、井戸へ行って牛に与える水を汲んだとき、

「おい、土偏のオンドルに寝たのかね」とか

「鳩の群れに降り立った一羽の鶴だってか。よく言うよ」とか、よってたかってさんざんにからまれ、なぶられた。彼は刀があれば、切りつけてやりたい衝動にかられたが、もちろん、そんな勇気はない。

その夜更け、寝静まった宿舎で、〈牛飼い〉は突然、泣き声を発した。彼の口から鮮血がほとばしり、〈種つけ〉の顔はその血しぶきに濡れた。すると、牛の白目が朱をさしたみたいに、みるみる深紅《しんく》に染められていった。牛は「モー」と一声啼き、その目から涙が流れた。

〈種つけ〉は長く分厚い舌を出し、〈牛飼い〉の顔をぺろぺろと舐めた。彼は牛の首を抱き、泣きながら胸の内を訴えた。

翌日〈牛飼い〉は窯場へ行った。粘土をこねたレンガの生地を手押し車に乗せ、足を踏みしめ踏みしめよろよろと焼き窯の中に運びこみ、順繰りに積み上げていく。運んでは積み、積んではまた運ぶ。これを繰り返すだけでもへとへとになる。その上、焼き上がったレンガを高熱のこもった窯から運び出す作業が待っている。この熱さと汗の量だけで並みの人間はへばってしまうだろう。まして彼のように何をやらせても気合いの入らない人間にはなおさらのことだ。だが、

間違いをしでかして自己批判し、労働による自己改造中の身の上とあっては、怠け心は許されない。

しかし、次の事件が起きた。

〈種つけ〉が変調を来《きた》したのだ。飲まず、食わず、人が寄ると、そっぽを向く。荷車に繋ごうとすれば暴れ出す。連隊長は焦った。彼は有能、かつ勇敢な男だ。昔、山林で木を伐《き》り出す仕事をしていたとき、一人で猪と闘い、戦友の命を助けた武勇伝の持ち主でもある。彼は牛小屋へ向かった。

連隊長は牛の様子をちらとうかがい、手の中の鞭をこれ見よがしにゆらゆらさせた。牛はあごをしゃくり、一声「モー」と吼えた。連隊長は飼い葉桶を見た。草や飼料には口がつけられていない。連隊長は経験にもの言わせ、飼い葉桶に水を加え、ひと掻きした。乾燥した飼料を湿らせ、食べやすくしようとしたのだ。そして、牛に向かってうなずいて見せた。これはご機嫌取りだ。牛は飼い葉桶に鼻を近づけ、臭いを嗅いだ。今にも口にくわえそうだ。連隊長はしてやったりと笑みを浮かべ、ゆったりとした手つきでポケットからアルミ製のタバコ入れを取り出した。刻みタバコの「大炮《ダーパオ》」を紙に巻こうとしたのだが、巻き紙を持ってこなかったのに気づいた。あちこちのポケットを探っているうちに、指に触れたのが〈牛飼い〉の恋文だった。

彼はちょっとためらったが、字の書いていないところを引き裂いた。刻みタバコの葉をつまんで紙に乗せようとして、片手を空けるために持っていた恋文を〈種つけ〉の角に突き刺した。ほかに置き場所がなく、そこに牛の角があったからだ。

連隊長は慣れた手つきでたばこを巻き、舌先で紙を湿《しめ》し、火をつけ、深々と吸った。後は牛が飼料を食べのを待つだけだ。

牛は飼い葉を鼻で押しやり、食べようとしなかった。連隊長はタバコをふかしながら、牛の角に突き通した恋文を読み始めた。

「……僕はオンドルに横たわりながら、いつもあなたのことを思っています。あの『紅色娘子軍《ホンスーニアンズチュン》』の英姿颯爽《えいしさっそう》たる場面が今も脳裏に焼きついて離れません。特にあのすらりとしたおみ足が高々と伸びたとき、手は……えーと、一字空きか、えーと、何とかを握って、党の旗に忠誠を誓う場面が今もありありと、まざまざと目に浮かびます。ここでたってのお願いがあります。聞いていただけますか？　僕もまた栄えある中国共産党に入党の決意をし、あなたが所属する支部で一緒に働けるよう切望しています！」

連隊長はここまで読み、こらえきれずにまた吹き出し、大声で笑い始めた。そして、おそらくタバコの煙にむせたのか、激しく咳きこみ始めた。

突然、〈種つけ〉が怒り、吼えた。飼い葉桶を隔てながら巨体を前へぐいと押し出すと、恋文を刺した角が連隊長の胸を深く刺し貫いた。連隊長の身体は松材の壁にぺたりと張りつけになった。連隊長の口から鮮血が止めどなく湧き出した。

連隊長は直ちに兵団本部の病院に運ばれたが、死亡が確認された。

北大荒《ベイダーホアン》の兵団規定によれば、家畜が事故であれ何であれ、人を死なした場合、それ以上生かしてはおかれない。一九六〇年から七〇年代、牛は国家の重要な生産財と見なされ、勝手に処分することは許されなかった。まず上申書を提出し、最上級の機関の認可が必要だったのだ。最後に兵団司令部の認可が下りたとき、すでに陰暦の十月になっていた。

棍棒やロープを握りしめた一群の男が牛小屋に押し寄せ、ひしととり囲んだ。

冬にはレンガ焼きは行われない。〈牛飼い〉は自己批判の始末書と労働改造の甲斐があって、牛の飼育係としてまた元の牛小屋に戻されていた。

〈牛飼い〉は悟った。とうとう来るべきときが来た。気の立った若者たちが〈種つけ〉に縄をかけようとしている。しかし、大勢は牛に近寄ることもできないでいる。誰もが凶器と化した巨大な角に恐れをなしているのだ。

副連隊長が牛飼いに命じた。

「おい、お前がやれ!」と豚の屠殺に用いる大振りな刀を〈牛飼い〉に渡した。

彼が刀を持って〈種つけ〉の前に立つと、牛は急におとなしくなって、「モー」と小さく啼いた。両の前足を折って彼の前に跪くと、両眼を閉じたのだ。首を引き寄せさえすれば、すぐ刀を刺せる。

〈牛飼い〉は〈種つけ〉の首を撫でさすった。ふとひらめくものがあり、それがそのまま口をついて出た。

「こんな立派な牛をこのまま殺すのは惜しいと思いませんか。こいつは種牛ですからね。種を残せば連隊の役に立つのではないですか?」

牛の目から二筋の涙が流れ出た。

反対する声があった。当時流行った成句で、

「英雄の父は英雄の息子を生み、反動の父は反動の息子を生む」——「この親にしてこの子あり」だ。たとえ〈種つけ〉が種を残しても、その子が大きくなれば、またメス豚を追い回し、人を角で突き殺すろくでなしの〈種つけ〉になるだろうという意味だ。

何人かの男はいらいらして、〈牛飼い〉に早くやれとせっついた。要するに、早く牛肉を食べたい一心なのだ。牛の屠殺が公認されたのだから、久しぶりの牛の肉を誰はばかることなく、たらふく口にできる。今夜は「口福」の夜、連隊あげてのお祭り騒ぎが待っているのだ。

副連隊長は生産隊を率いるだけあって、牛の種を残す方が連隊の利益にかなうことに思いが

至った。しかし、牛の種つけは相手のメスがいなければ、人間がいくらじたばたしても始まらない。副団長は〈牛飼い〉に言った。

「牧畜連隊に発情期のメス牛がいると聞いた。借りて連れて来い。余計なことは言うな。お前のことだ。『僕の牛が屠殺《つぶ》されそうなんです』などと言ったらぶちこわしだからな。借りられる牛も借りられなくなる。俺があっちに電話を入れておく。お前は行って引っぱってくるだけでいい。二日、時間をやる。遅れたら、この牛の命はないと思え」

しかし、朝の勉強会で自分の荷物に〈牛飼い〉の小便をかけられた男だけは承知せず、異議を唱えた。

「もし、二日の間、メスが来ずに〈種つけ〉がまた暴れてけが人や死人を出したら大変ですよ。今日、こいつを殺《や》って連隊長の仇を討ちましょう！」

これに賛同する声があちこちから上がった。血を見なければおさまりそうにない殺気だった雰囲気になった。

副連隊長が〈牛飼い〉に言った。

「こうしよう。お前にくれてやる時間は一日だけだ。今すぐ出発しろ。明日の夜明けまでに戻るんだ。遅れたら、それまでだ。だからといって、俺を恨むなよ」

牛飼いは走った。牧畜連隊まで五十里（二十五キロ）の道をひた走りに走った。

北大荒《ベイダーホアン》はもう初雪が降り、凍った雪がつるつる滑った。転び転び腰を打ちながら牧畜連隊にたどり着いたとき、陽《ひ》はすでに山の端《は》に沈んでいた。

牧畜連隊では全員が食堂で夕食を始めていた。ささやきが全体に伝わった。四十一連隊のあの男が来たってよ。「女の太腿」党員が来たぞ。みんな食堂から飛び出して〈牛飼い〉見物に集まり、彼を指さしながら口々に雑言を投げつけた。

「鳩の群れに鶴が舞い降りた！」

〈牛飼い〉はそんな声にも動じなかった。

副連隊長から話はすでに通じていたから、ここで手間どることはなかった。長居は無用だ。牛飼いはメス牛を受け取ると、すぐ帰り道についた。

また声が飛んだ。

「こいつは種牛にやらせるんだぞ。お前がやるんじゃねえぞ」

〈牛飼い〉は怒りで顔の筋肉がぴくぴく引きつった。牧畜連隊の老飼育員は、あの山東省出身の「盲流《マンリユウ》」――出稼ぎの農民で、〈牛飼い〉を見知っていた。逸《はや》り立つ男たちを静め、彼を引き止めて言った。

「もう遅い。泊まっていけ。夜は寒いし、物騒だ。張三《チャンサン》が出るからな」

別な男が叫んだ。

「泊めるのは駄目だ。また荷物にションベンをかけられる！」

〈牛飼い〉は静かに答えた。

「泊まっていられないんです。明日の朝に間に合わなければ、あの牛は殺されます。早く帰らないと……」

言い終わると、彼は道を急ぎ始めた。山東省の老飼育員が追いかけてきて、狼が出たときの用心にツルハシを手渡した。

〈牛飼い〉はツルハシを担ぎ、メス牛を引いて歩き始めた。彼にとっては心せかれる道だが、牛は彼の心を理解しなかった。花のお輿《こし》入れの道中だというのに、メス牛は何度も小便をしたり、いきなり冬の雷が鳴ったり、騒がしい珍道中になった。

夜半過ぎ、やっと連隊のコナラ林が見え、〈種つけ〉のうなり声が聞こえてきた。きっと妻となるべき牛の発する強烈な匂いをかぎつけたのだろう。

さっと黒い影が彼の視線をかすめた。体格のいい灰色狼だった。両眼はかすかな緑色の光を発している。メス牛に向かって一気に飛びかかろうとした瞬間、それより早く〈牛飼い〉はツルハシを高く振りかざし、牛と狼の真ん中に立ちはだかった。声を励まし、牛に向かって叫んだ。

「走れ、婿さんが待ってるぞ！」

花嫁の牛はこれを理解した。花婿の牛が切ない声で呼んでいる方角へ脇目もふらずに走り、コナラの林に姿を消した。

狼は〈牛飼い〉の周りをぐるぐる回り始めた。牛を追おうとするのか、それともこの場で人間と決着つけようとするのか。狼は牛を追うのをあきらめた。〈牛飼い〉に向かって一旦身体を引き、飛びかかる構えを見せた。

そこへもう一匹の狼が飛び出してきた。二匹の狼はちらと視線を交わした後、新来の狼はメス牛を追いかけようとした。〈牛飼い〉はまたその前に立ちふさがった。狼は彼の手のツルハシをじっと見つめている。

ツルハシが〈牛飼い〉の手を滑って落ちた。両膝が雪の中に頽《くずお》れた。もう一匹の狼が彼の後ろに回り込んだ。

〈牛飼い〉は首を起こして空を見上げた。

北大荒《ベイダーホアン》は夜明けが早い。明けの明星が中天にかかっていた。

# 熱いアイス・キャンディー

（原題・火熱的氷棍児）

北大荒《ベイダーホアン》（黒竜江省の荒蕪地）ではここ一年、暖房用石炭の供給量がめっきり減った。知青《チーチン》（知識青年）たちが次々と帰省していったからだ。

呉《ウー》先生は「生産建設兵団」の連隊で小学校の教師をしている。家庭に配給される石炭の申請を出す時期になって、彼は考えた。北京に帰る日が近い。まるまる一冬の分量は必要あるまいと、けちって予約したのが間違いだった。認可の手続きが予想外に手間取って、冬を越さないうちに石炭が切れてしまったのだ。だが、これしきのことでへこたれる呉《ウー》先生ではない。豆殻を燃やしたりして、北大荒《ベイダーホアン》最後の冬を乗り切ろうとした。

やっと連隊を離れる日が翌日にやってきたとき、呉《ウー》先生が住む家族居住区の教え子たちが一人一人、箕《み》（穀物をふるい分けたり運んだりするのに用いる農具）に石炭を入れて運んできた。

呉《ウー》先生は言った。

「ありがたいが、この石炭はもういらない。持って帰って自分の家で燃やせ。私たちはいよいよ明日、北京へ出発するんだからな」

北大荒《ベイダーホアン》の子どもたちはお使いに出されても、きちんとした挨拶ができない。黙ったまま石炭を地面にあけて帰っていった。

呉《ウー》先生はレンガ積みのストーブに火をつけた。凍てついた部屋の空気がみるみる暖まり、ゆるゆると肌に馴染んできた。一ヵ月以上も火の気なしに過ごした部屋の壁は一面、霜が降りたみたいに真っ白な雪の花が咲いていた。

小学生の息子は当然、呉《ウー》先生の教室の生徒でもあった。その大宝《ダアバオ》が先生に尋ねた。

「北京ではイタチを捕まえられっかな?」

「捕まえられっこない。北京の道路はみんな舗装されて、草一本生えてないからな。イタチやキツネは棲めないんだ」

「なんちゃ、面白くねえ」

「なんちゃとは何だ。これからは、そんな言い方はやめろ。田舎まる出しだぞ」

「そんじゃ、何て言えばいい?」

「北京でイタチを捕まえられないなんて、ぼくはつまらないな……まあ、こう言えばいいだろう」

「舌が回らない」

「それより、購買部さ行って、白酒《バイチュウ》(焼酎)、十二本買ってきてくれ」

「購買部さ行く? 北京の言葉では購買部へ行くって教えたっぺ?」

呉《ウー》先生はうれしそうに言った。

「おいおい、そう言うな。もう十年もここに住んでいるんだ。言葉だって少しは変わるさ」

息子はソリを引いて売店へ向かった。

呉《ウー》先生の奥さんは彼と一旦〝婚姻関係を解除〟して、三歳になる娘の二宝《アルバオ》を連れて先に北京へ帰っていた。その当時は、結婚した知青《チーチン》（知識青年）の帰省は許されていなかったから（『会うための別れ』84ページ参照）、二人は話し合った。上に「政策」あれば、下に「対策」ありだ。二人は偽装離婚をして一人ずつ北京へ戻り、二人そろったら再婚しようと決めたのだった。

呉《ウー》先生は手紙を書き、元妻に北京へ戻る日取りを知らせた。彼女から返信が届いたが、どこか素っ気ない。待ちに待った再会の日のはずなのに、弾む心が伝わってこない。呉《ウー》先生はまた手紙を書き、何かあったのかと尋ねた。その返事は、実はほかでもない、住みかのことで頭を痛めているとのことだった。

妻と娘は妻の実家に身を寄せていた。家は二間しかなく、奥の部屋は両親、入り口の部屋は兄と妹が住んでいた。彼女が戻ってからは奥の部屋をカーテンで仕切って一番奥に両親、手前に兄、入り口の部屋は彼女と妹、そして三歳の娘が入ることになった。しかし、呉《ウー》先生と大宝《ダアバオ》を迎えようにも場所がない。

呉《ウー》先生は彼女を慰めて言った。

「何はなくてもパンがあるさ」

これは映画『レーニン　一九一八年』の有名な台詞だった。革命前はパンさえろくに食べられなかった。それを思えば、今は天国だ——当時の人はみなこの言葉に励まされ、奮い立ったものだ。

呉《ウー》先生の実家も二間しかなかった。三人の男兄弟と二人の妹たちはまだ誰も結婚せず、みな親と同居していた。彼が父親に手紙を書き、どうしたものかと相談すると、父親は「ご覧の通りのありさま」だと答え、判断を息子に預けた。孫を抱きたくてたまらない母親は、毛沢東の教えさながらに、克服できない困難はないと言い張ったが、一家の団らんは口で言うほど容易ではない。子どもたちの意見も分かれた。年下の子どもたちは素直に兄の帰宅を喜んだが、年上の者たちは反対した。

ちょうどこのとき、唐山地震（一九七六年七月二十八日、河北省唐山市付近を震源としたマグニチュード七・五の直下型地震によって当時中国有数の工業都市・唐山は壊滅状態になった。中国政府は「自力で立ち直る」と外国からの援助を拒否した）が発生し、北京市内にも強震が及んだ。余震の警報におびえた市民は家の中で寝ることができず、市内の至るところ急ごしらえの仮小屋がにょきにょきと建った。まさに雨後のタケノコとはこのことだ。

兄妹《きょうだい》たちは相談の結果、呉《ウー》先生と二人の弟は仮小屋に、大宝《ダアバオ》と爺さん婆さんは奥の部屋に、妹たちは入り口の部屋にと、それぞれ居が定まった。

まさに「天と地に謝す」べきところだが、第一には地に謝すべきであろう。地震がなかったら呉《ウー》先生の住みかはどこにも見つからなかったのだから。

呉《ウー》先生はほっとした。当面の落ち着き先が決まって、次なる思案は再婚後の夫婦の身の置きどころということになるが、これも、とんとんことが運んだ。幼友だちが朗報を運んできたのだ。彼の祖父がもう長くない。逝《い》ったら、西側の部屋が空くから、そこを貸してやろうと言う。先生が部屋代にイロを付けると申し出ると、幼友だちはそれには及ばない、生活が苦しいのはお互いさまだと答えた。


息子が購買部へ行った時間に、呉《ウー》先生はニワトリをつぶし、野菜を洗い、今夜のご馳走の支度を始めた。連隊で苦楽を共にした〝戦友たち〟を招待することにしていたのだ。

半時間ほどで使いから戻ってきた大宝《ダアバオ》に、呉《ウー》先生は尋ねた。

「酒は?」

大宝《ダアバオ》は黙っている。

呉《ウー》先生は繰り返し尋ねた。

「どすた?」

「どうして北京語を話さないの?」

「どうしたんだ?」と先生は笑いながら言った。

「みんな割れちまった」

呉《ウー》先生の脳味噌がぶーんとうなりをたてた。「北大荒《ベイダーホアン》」印の焼酎は十二本で十元（百三十円）ほどする。ここ鶴崗《ホーガン》（黒竜江省の中部北寄り、小興安嶺の南東麓）から北京までの急行列車の切符代が二十二元だから、切符半分がなくなったも同じだ。先生の手許にはもう余分のお金はない。

「割れたって、どうしてだ？」

「割れたんだよ」

「どこでやった？　一本ぐらい残ってないのか？」

大宝《ダアバオ》は首を横に振った。

「どこだ？　一緒に来い」

呉《ウー》先生は忙しく頭を働かせ、とにかく残った瓶を集め、何とか間に合わせようと考えた。大宝《ダアバオ》は言った。

「おらは行かね。疲れただ」

呉《ウー》先生は暮れかかった空を見上げた。息子相手に埒《らち》のない話をしている閑はない。急いで玄関を出て購買部へと歩を早めた。雪道にはソリの跡が二筋ついているほか、何も見えない。もし瓶が割れたのなら、ガラスの破片でも残っているはずだった。

鍛冶屋の煙突あたりから出てきたのは、鍛冶屋の李《リィ》さんだ。呉《ウー》先生と顔を合わせるなり、話しかけてきた。

「今夜の酒はおあずけかい？」

「とんでもない。倅《せがれ》を買いにやらせたら、全部割っちまったとぬかすんで、見に来たところさ。まさか全部割れちまったわけでもあるまい」

「いや、もう行くことはねえ。今夜の酒は持ち寄りにしよう。俺たちが一人一瓶ぶら下げていけば十分だ。あんたは家へ帰って料理を作ってくれればそれでいい」

呉《ウー》先生は仕方なく引き返したが、どうも変だ。李《リィ》さんは購買部に入ろうとしている。おそらく酒を買うのだろう。大宝《ダアバオ》が酒瓶を割ったことをどこで知ったのか？　どうして持ち寄りにしようなどと、人の先回りをするような提案をしたのか？　呉《ウー》先生はすっきりしない気持ちを抱えたまま家に向かった。

コナラの木の下で足が止まった。そこに挽《ひ》き臼の台が捨てられていたのは知っていた。白酒《バイチユウ》の酒瓶が全部、そこに打ち当てられて、粉々に飛び散っていた。度の強いアルコールの匂いが冷たい空気と共にぴりっと鼻をついた。呉《ウー》先生の顔色が青黒く変わり、震える手で煙草を取り出した。火をつけるのももどかしく煙を深々と吸いこみ、三十センチあまりも降り積もった雪道に立ちつくした。

大宝《ダアバオ》はどうしてこんなことをしたのか？　どう考えても分からなかった。息子がここを離れたがっていないのは、確かに察しがついていた。だから、呉《ウー》先生は毎日毎日、北京の伝説やいろいろな面白い話を息子に聞かせ、北京がどんなに楽しく、どんなにいいところかをせっせと吹きこんでいたのだ。大宝《ダアバオ》は眼をぱちくりさせながら聞いていたが、どこまで頭に入っていたのか分からない。

あるとき、ずっと黙りこんでいた大宝《ダアバオ》がいきなり口を開いて、一言、父親に尋ねたことがある。

「父さんは北大荒《ベイダーホアン》の方が北京よかずっとずっといいって言ってなかったか？」

出し抜けに言われて、呉《ウー》先生はぐっと返事に詰まった。そのときは確かにそう言った。しばらく考え込んでから、やっと口を開いた。

「そんなこと言ったって、もうどうしようもないだろう」

大宝《ダアバオ》が聞いた。

「二胖《アルパン》も北京へ行けるかな？」

二胖《アルパン》は大宝《ダアバオ》と大の仲好しで、鍛冶屋の李《リィ》さんの次男だった。一年生の二人は一緒に学校に通い、まさに影が形により添うように一刻も離れたことがない。

「二胖《アルパン》は行けない。土地の人間だからな」

「土地の人間は行けないのか？」

「土地の人間は行けない」

「どうしてだ?」

「みんな行ったら、北京に入りきれないからな」

「おらたちは行けるのか?」

「北京から来たから、北京へ帰るんだ」

「おらはでも、ここの人間だ」

「子どもは大人についていくもんだ」

「俺は二胖《アルパン》の家に住んでもいい」

呉《ウー》先生は笑うしかなかった。腹の中では高《たか》をくっていた。子どもはいっとき思い詰めるが、どうせ二日もすればきれいさっぱり忘れてしまうだろう。また言い出したとしても、男の子には親友よりも母親を慕う気持ちがの方が強いはずだ。大宝《ダアバオ》だって結局は親友よりも母親をとるだろう。

しかし、まさか大宝《ダアバオ》に好きな女の子がいるはずはなかろう? 二胖《アルパン》には妹がいて、名前は三丫《サンヤー》と言った。色白のやせっぽちで、早産だったせいか、ほっそりとした面《おも》立ちに目ばかり大きく、青白い瞳を光らせている。まだ五歳だから、学校には行っていない。大宝《ダアバオ》はこの女の子と遊ぶのが大好きだった。この子は、子どものくせにスイカやヒマワリの種を上手にかじってみせた。特にヒマワリの種を頬張って、唾液を口角に泡立たせながらかじるのを、大宝《ダアバオ》はうっとり見ていた。

このヒマワリの種を東北地方では「ロスケの種」と呼んでいた。ロシア人はヒマワリの種が大好きで、しかも生のまま食べる。皿のようなヒマワリの花をまるごと手に持って種を器用にほじくり出し、がばっと口の中に放り込む。かりっと噛んで口の端から皮をぷっと吐き出すと、実はしっかりと口の中に残っている。

三丫《サンヤー》の母親はロシア人との合いの子だったから、ヒマワリの種を食べるのはお手のものだったのだろう。三丫《サンヤー》は母親ほど上手ではないが、小さな口を巧みにもぐもぐさせ、種をかじりながら歌った。

「奥さまにかじってあげましょ
ヒマワリの種　ヒマワリの種
お前がかじれば　おお汚な
もらわれぬ　もらわれぬ
それならば　うどんを打って
あげましょう　あげましょう

歌いながら吐き捨てた種の皮がみるみる山になるとき、大宝《ダアバオ》がかじったのはほんの一つかみだけだった。大宝《ダアバオ》はそのお返しにと思ったのだろう。母方の祖母から送ってきた「大白兎《ダーバイトゥ》」印のミルクキャラメルを一粒、三丫《サンヤー》にプレゼントしたのを呉《ウー》先生は知っている。

こんなままごと遊びのようなことが、大宝《ダアバオ》のすねる理由になるとは思えない。先生はこれ以上考えたくなかった。それに今夜はたくさんの客を気分よく迎え、もてなさなければならない。さあ、やろう、ご馳走作りだ。先生は吸い殻を雪の中に捨て、大股で家に向かった。

大宝《ダアバオ》は家にいて、イタチを捕まえる針金の輪っかをせっせと作っているところだった。鍛冶屋の李《リィ》さんから教わったやり方だ。

呉《ウー》先生は息子に尋ねた。

「お前は一緒に北京へ帰りたくないのか?」

息子は答えた。

「行かないなんて言ってねえ」

「それなら、こんなものを作って、どうする気だ? 北京にイタチはいないんだからな」

「二胖《アルパン》にやる。おらの思い出に」

「お前は母さんが恋しくないのか?」

大宝《ダアバオ》は口を噤《つぐ》んだ。

「お前はどうやら母さんを忘れてしまったらしいな」

「忘れてねえ。母さんがおらを忘れちまったんだ」

「いいか。息子が進む千里の道に思いを馳せぬ母はなし、と言ってな。息子を忘れる母親がどこにいる?」

「そんなら、何で母さんは先に行ってしまったんだ?」

「ほかにどうしようもなかったんだ。頼むから分かってくれよ。酒瓶を割ったことは、父さん、もう怒っていないよ。だが、今夜来る人は何を飲めばいいんだ?」

屋根に空けた煙出しの窓が風にばたばたと鳴り、呉《ウー》先生には人が泣いているように聞こえた。大宝《ダアバオ》は身を翻し、針金の輪を片手に外へ飛び出した。捕まえそこねた呉《ウー》先生は大宝《ダアバオ》の背中に大声で叫んだ。

「どこへ行くんだ?」

大宝《ダアバオ》は雪道から大声で叫び返した。

「二胖《アルパン》にこれをやる!」

呉《ウー》先生は大きなため息をつき、ニワトリを鍋に入れた。


夜になって、そろうべき顔はみんなそろった。十人以上の顔ぶれになったのは、呉《ウー》先生の人柄と人付き合いのよさだ。最後に残った知青《ヂーチン》の歓送会とあって、人集めに苦労することなく、気のおけない仲間同士、部屋からはみ出しそうな賑わいとなった。

オンドルの上のテーブルをどけて、そこにビニールのテーブルクロスを敷いた。みんな靴を脱いでオンドルに上がり、車座になってあぐらをかいた。窓枠に「北大荒《ベイダーホアン》」印の白酒《バイチュウ》がずらりと並んだ。参加者がみんな一本ずつぶら下げてきたもので、これだけあれば、不足はない。

料理はみんな洗面器のような大きな盆に盛ってある。猪肉燉粉条子《チューロウドゥンフェンティアオズ》（豚肉と春雨の煮込み）、酸菜汆白肉《スァンツァイツァンバイロウ》（白菜の漬け物と豚肉のスープ）、小鶏燉蘑茹《シャオジードゥンモウグ》（ニワトリとキノコの煮込み）、猪肉白菜餃子《チューロウバイツァイジャオズ》（豚肉と白菜入りの餃子）など盛りだくさんのご馳走だ。

「息子さんは？」と運転手の趙《チャオ》さんが尋ねた。

「二胖《アルパン》のところに上がりこんでる」と呉《ウー》先生が答えると、鍛冶屋の李《リィ》さんは「あの子は北京に行きたがっていない」と言った。呉《ウー》先生はそれを制するように立ち上がり、「子どものことはまあ、おいといて。まずお集まりいただいた皆さまに、心からの感謝と敬意を表します」と、白酒《バイチュウ》をついだご飯茶碗を目の高さに上げ、一礼した。今夜はみんなご飯茶碗の無礼講だ。飲める者にも飲めない者にも、みな、なみなみと白酒《バイチュウ》を満たしてある。

「ちょっと待った」と、趙《チャオ》さんが遮った。

「何が敬意だ。敬意なんかどうでもいい」

呉《ウー》先生は構わずに続けた。

「この十年間、私は及ばずながらも皆さまに温かく見守られ、支えられてここまでやって参りました。こちらに参りましたときは、高校生とはいえどもすでに二十歳《はたち》。二十歳《はたち》とはいえども、まだ何も分からない年ごろでした。しかし、皆さまのご信任を頂戴し、教師の職に就かせていただいたご恩は忘れません。ちゃんと勤まりましたかどうか、忸怩《じくじ》たるものがありますが、どうかご寛容のほどお願い致します」

大工のさんがいきなりいきり立って言った。

「ペケ！　罰点！　罰酒《ばっしゅ》だ！」

「え、どうして？」

「あんたがちゃんと勤まったかどうかは、俺たちの空っぽの頭で考えるより、お偉いさんに任せておけ。だがな。俺さまに言わせろ。ちゃんとやるなら、ここをやめずに最後までちゃんとやれってんだ。だから、零点。村の学校には、あんたという、ちゃんとした先生がいた。だが、北京へ帰っちまうと、この学校はつぶされるんだ。ガキどもは大隊本部に集められて寄宿生活だよ。村から出たことがないガキどもを遠くへ手放して、家族は安心できるか？　だから、罰酒だ」

鍛冶屋の李《リイ》さんが言った。

「花の門出に、そんなこと、言うもんじゃない。ガキどもが遠くへ行くったって、大隊本部までせいぜい十里（約五キロ）、連隊本部までだって、たかだか四、五十里（約二十五キロ）ってとこだろう。だけど、呉《ウー》先生はここを出て何千里の旅をしなさるんだ。ここは料簡の狭いことは言わずに、気持ちよく送り出してやろうじゃないか。さあ、みんなして乾杯だ！」

衆議一決となって、みんなはご飯茶碗を高々と掲げ、ぐびぐびと飲み干した。

部屋の中はことのほか暖かかった。かまどの石炭は盛大に燃え、オンドルの火回りもよく、竈《かまど》の中で炙《あぶ》られる思いだった。一人が綿入れの上着を脱ぐとみんなが脱ぎ、ついには次々とメリヤスのシャツを脱いでシャツや半袖シャツ一枚になる者もいた。

李《リィ》さんが言った。

「石炭をぼんぼん燃やして、鍛冶屋の俺ん家《ち》よりずっと暖かい。どんどん燃やせ」

「この石炭、教室の子どもたちが運んでくれたんですよ」と、呉《ウー》先生は言った
趙《チャオ》さんが言った。

「この冬、こんなに石炭を燃やしたことはないだろう?」

呉《ウー》先生は答えた。

「ここだからできるんです。北京では、乏しい石炭を細々と燃やして、寒さを我慢しているんですからね」

「なあ、先生、帰るなよ!」と、野菜農家の山東王《シャンドンワン》が言った。

「どうしようもないことです」

趙《チャオ》さんがからんできた。

「俺に言わせればだよ。もし、あんたがキンタマをぶら下げた男なら、そもそもこんなところ

に来なかった。誰も鉄砲であんたを脅したわけじゃなかっただろう？　それでも、あんたは来た。そしてもし、あんたがキンタマをぶら下げた男なら、北京へは帰らないだろう。誰もあんたを追い出そうとしていないんだからね。なあ、そうだろう？　違うか？」

「そんなこと、言うもんでない。このお方が生まれて初めて水を飲んだところが北京なんだ。人はみんな帰るんだ。初めて水を飲んだ土地へさ。違うか？」と、鍛冶屋の李《リィ》さんがみんなの同意を求めた。

みんな黙ってしまった。この連中はここで生まれ育ったような顔をしていても、実はこの土地の人間ではないからだ。それぞれ初めて水を飲んだ土地は、山東省か河北省でなければ、安徽省か四川省だ。一旗揚げようと山海関（華北と東北地方を結ぶ交通の要地）を押し渡ってきた者もいれば、退役軍人もいる。人民解放軍の生産建設兵団に入って転業した者もいる。

鍛冶屋の李《リィ》さんが言った。

「人は理想に向かって進むのさ。あんたが志を持って北京へ帰るというのなら、俺たちは止め立てしない。だがな、大宝《ダアバオ》が帰るのをいやがっている……」

呉《ウー》先生は言った。

「子どもに何が分かりますか。二日もすれば、みんな夕べの夢、忘れてしまいますよ」

李《リィ》さんは言った。

「もし、差し支えなければ、あの子を二、三日ここに置いてみてはどうかね。ちょうど別の連隊が北京へ帰るから、ついでに連れて行ってもらおう。それからでも遅くないさ。あの子は思い詰めている。見ていると、不憫でならないのさ」

野菜農家の山東王《シャンドンワン》が言った。

「さっさとあきらめろ、北京なんか。ここのみんなは、あんたのことも、あんたの子どものことも心配しているんだ」

鍛冶屋の李《リィ》さんが言った。

「昔から言うだろう。河の東が三十年栄えれば、次には河の西が三十年栄える。人は栄え、また滅びる。渡るこの世に定めはないってね。俺たち、また会うのはいつの日か！　今夜は大宝《ダアバオ》と倅の二胖《アルパン》を同じ布団に寝かせてやろうじゃないか。趙《チャオ》さん、お手間かけるが明日の朝、俺の家まで迎えに来てくれないか」

一同は茶碗を高く掲げた。みんなべろべろに酔っていた。

大宝《ダアバオ》と二胖《アルパン》は一緒に被窩《ベイウオ》（筒状にたたんだ掛け布団）にもぐりこんでいた。二人は入口の部屋にいた。奥の間は二胖《アルパン》の妹の三丫《サンヤー》と母親が寝ている。

大宝《ダアバオ》は尋ねた。

「尻がまる出しだ。どうして?」

「お父《とう》が言った。パンツなんか、はくのは金の無駄だし、シラミがたかるって」

「おらの作った輪っか、どんなだ?」

「針金が柔《やわ》くないかい?」

「柔い方が使いやすいんだ」

「柔いと使いものにならないって言ってたぞ」

「誰がそんなこと言った?」

「おっ母《かあ》がお父《とう》に怒ってた」

「あんたの父さん、何て言った?」

「いつも固いとは限らない。勘弁しろって」

「気に入らないなら、おらが持っていく」

「勝手に持って行け。さっさと北京へ帰っちまえよ。北京には何でもあるったって、イタチはいないからな。何を捕まえるんだ?」

大宝《ダアバオ》は急に黙りこんだ。

二胖《アルパン》は言った。

「何か言えよ? 言えばいいだろう?」

大宝《ダアバオ》はしかし、口を開かなかった。

「泣いてるのかい?」

大宝《ダアバオ》は激しくしゃくり上げ、泣き始めた。

「泣いちゃ、みっともないよ。そんなに泣いて、何が悲しいんだい? そうだ。三丫《サンヤー》を起こそう。ヒマワリの種を食べさせてやるよ」

「いらない。ヒマワリの種なんか、北京にだってある」

「北京には何でもあるったって、誰が種を割ってお前に食べさせてくれるんだ?」

大宝《ダアバオ》は手で涙をこすり、そして言った。

「北京には映画館がたくさんある。見たい映画は何でもすぐ見られるんだ」

二胖《アルパン》は言い返した。

「映画だったら、連隊本部に行けば見られる。北京でやったものは、何日もしないでこっちへ来るんだからな」

「北京にはいい学校がある」

「いい学校が何の役に立つ?」

「将来、いい仕事に就くんだ」

「いい仕事って、どんな仕事だ? 言ってみろよ」

「……アイスキャンデーを売るとか……。夏の暑いとき、涼しい木の下で、アイスキャンデーを食べながら売るんだ」

「ほかに何もしなくていいのかい？」

「そうだよ。食べながら売ればいいんだ」

「うそだ。アイスは夏になったら、溶けてしまうだろう？」

「溶けない。北京のアイスは溶けないんだから」

「うまいのか？　どんなアイスがある？」

「サンザシの実が入っている」

「それから？」

「バターも入ってる」

「それから？」

「小豆《あずき》」

「それから？」

「食べたいものは何でもある」

二胖《アルパン》は黙り込んだ。

大宝《ダアバオ》はすっかり気分がよくなって話を続けた。

「夏になったら、北京の人はみんなご飯を食べずにアイスキャンデーだけを食べるんだ」

「腹が減らないのかい？」

「アイスクリームみたいなのがあるんだ。中に卵の黄身が入っていて、二つ食べたら腹いっぱいになっって、三つも食べたら、腹がはち切れるんだ」

「どうしたらアイスキャンデー売りになれるんだ？」

「父さんみたいな学問と教養がないとなれないって。だから、俺も勉強をして、大きくなったら父さんの仕事を継ぐんだ」

二胖《アルパン》は言った。

「勉強なら、俺の方がお前よりずっとできるぞ。試験でお前に負けたことがないからな。お前はなれなくても、俺ならなれる。お前の父さんに言ってくれよ。俺はこれから一生懸命勉強する。大きくなったら北京でお前と一緒にアイスキャンデー売りにさせてくれって」

大宝《ダアバオ》は言った。

「まだどうなるか分からないんだ。勉強するのが先だって、母さんが手紙を書いてきた。父さんがアイスキャンデー売りになるためには、お婆さんが街道《チエタオ》（町内住民の自治組織）に挨拶して、委員会の主任さんにクッキーの届け物をしないといけないんだって」

二胖《アルパン》は尋ねた。

「街道《チエタオ》って何だ？」

「畑の畝《うね》みたいだってさ。北京では家がつながって、畝になるんだ。あっちの畝、こっちの畝、それが街道《チエタオ》なんだ」

「何でお前が北京へ行けて、俺が行けないんだ？」

「北京の戸籍がなければ、北京に住めないんだ。お前の戸籍は北大荒《ベイダーホアン》だからね」

「お前の戸籍だって北大荒《ベイダーホアン》だろう？」

「俺はすぐ北京の戸籍になれるんだ」

「そんなら、さっさと行っちゃえよ！」

「行くよ。行けばいいんだろう！　すぐ行くよ！」

「行っちまえ！」

大宝《ダアバオ》はわっと泣き出した。

二胖《アルパン》の母親が奥の部屋から出て来た。

「どうしたんだい？　二人して仲よくおしゃべりしてると思ったら……」

二人は黙り込んだまま、一言も発しなかった。

一体、どのくらい酒を飲んだのやら、呉《ウー》先生は覚えていなかった。客たちがいつ帰ったのかも気がつかなかった。彼はやっとのことで身を起こし、水瓶《みずがめ》にたどりついて柄杓《ひしゃく》で一掬《すく》い、冷たい水を喉に流し込んだ。胃の中がすっきりした。オンドルに散らばった皿や茶碗は客たちが片づけて、炊事場に運んでくれていた。オンドルは隅の隅まで熱を持ち、部屋の中は蒸籠《せいろう》の中のようにむしむししている。

呉《ウー》先生は竈の火口《ほぐち》を開け、十能《じゅうのう》で何回か石炭を放り込んで火勢を強めた。頭の芯がずきっとしたと思った途端、彼は頭からオンドルに倒れこんだ。

ぼんやりした意識の中で、呉《ウー》先生は北京の横丁に帰ってきた。アイスキャンデーの箱を乗せた自転車を推している。門洞《メンドン》（トンネル状になった表門の通路）を出ると、隣近所の誰も彼も総出で彼を見守っている。恥ずかしくなって引き返そうとすると、大宝《ダアバオ》の母親が出てきて言った。

「アイス売りはちょっとの間だけよ。あなたに向いた仕事がそのうちきっと見つかるから、それまでの辛抱、お願いね」

呉《ウー》先生は頭を垂れ、唇をかみしめて車を押し、街に出た。家から思いっきり離れたところで、か細い売り声を発した。

「えー、アイス、アイス、ミルクキャンデーはいかが。小豆入りだよ！」

そこへいきなり、子どもの声色《こわいろ》を真似た甘ったるい女の声が耳元で響いた。スピーカーを使ったキャンデー売りの声だ。

「のぼせ、のどの渇きにアイスキャンデーはいかが。腹下しの子はあおずけよ」

呉《ウー》先生はありったけの声を振り絞って怒鳴ろうとした。

「あっちへ行け！」

だが、声は出なかった。耐えきれない思いだった。


翌日の朝、人々が呉《ウー》先生の家をのぞいたとき、先生はオンドルの上に倒れていた。心臓はすでに止まっていた。あわてて酸菜湯《スアンツァイタン》を飲ましたり、人工呼吸をしたりしてみたが、もはや手遅れだった。死因は一酸化炭素の中毒だった。

趙《チャオ》さんが遺体を連隊本部の病院に運び、鍛冶屋の李《リィ》さんは役所のあちこちを飛び回った。李《リィ》さんが山ほど用事を片づけて、へとへとになって家に帰ったとき、二人の子どもは布団の中ですやすやと寝入っていた。

もしかして第六感が働いたのか、大宝《ダアバオ》がぱっちりと眼を見開き、

「父さん？」と、言った。

李《リィ》さんは答えた。

「お前の父さんは先に行ったよ」

大宝《ダアバオ》は尋ねた。

「父さん、怒ってた？」

李《リィ》さんは答えた。

「怒っていない」

大宝《ダアバオ》はさらに尋ねた。

「そんなら、どうして俺を置いていったの？」

李《リィ》さんは答えた。

「わしがお前のために頼んでやったのさ。ここにもうしばらく住まわせてやってくれってな。北京へ行くのは、行きたくなってからでも遅くはないってな」

大宝《ダアバオ》は喜んだ。眠りこけている二胖《アルパン》を突っついて叫んだ。

「おい、起きろ、起きろってば！」

# 会うための別れ

（原題・為了聚会的告別）

あの熱血は何だったのか、今となっては思い出せない。

北へ北へ、何十万もの知青《チーチン》（知識青年）が雁の大群となって北大荒《ベイダーホアン》（黒竜江省の荒蕪地）へ飛んだ。そして十年も経たず、また南へ帰る雁を誰が止められよう。

「生産建設兵団」連隊の三分の二がばたばたといなくなったが、現地結婚組の蔫児《ニエンアル》と金花《ジンホア》の夫婦は置いてけぼりだった。金花《ジンホア》の双子の妹、銀花《インホア》はとっくに哈爾浜《ハルビン》に帰っている。銀花《インホア》は独身だったからだ。

前世紀の一九七〇年代は戸籍や職場の縛りが厳しく、勝手に引っ越したり、仕事を変えたりができない時代だった。北大荒《ベイダーホアン》の知青《チーチン》は「行きはよいよい、帰りは……」を身を以て味わった。

北大荒《ベイダーホアン》から早々と飛び去ったのは、まず家庭環境に恵まれ、政府や党の高級幹部を親に持つ七光り組だ。来て半年も経たないうちに帰ってしまった。だが、これはごく少数だ。ちゃっかりしているのはコネで裏口から人民解放軍に入隊した連中だろう。軍服を着て表口から堂々と出ていき、故郷に帰ってから、すまして平服に着替えている。

その次は歌手や俳優、歌舞団の踊り手やバイオリン弾きとかの文芸工作員、その次は人民解放軍や工業・農業の生産現場から推薦されてやってきた「工農兵学員」の「積極分子」で、再開された大学の優先枠にもぐりこんだ。その次は病人、その次は家庭に何らかの事情のある者、そしてその次には何のことはない、政策が変わって、知青《チーチン》全員に帰郷が許された。

しかし、それでも帰れない者たちがいた。結婚した連中だ。結婚すると、その土地で仕事の配分を受ける。もはや知青《チーチン》の特別待遇は認められないという建て前だ。ただし、離婚すれば話は別で、知青《チーチン》の身分に戻ることができた。

二年前、蔫児《ニエンアル》と金花《ジンホア》が結婚したとき、蔫児《ニエンアル》を羨まない者はいなかった。連隊医療班の美人衛生係、金花《ジンホア》を射止めたのだから無理もない。金花《ジンホア》と銀花《インホア》、この双子の姉妹はあまりにも美しすぎて、言い寄ろうなどと考えるだけでも恐れ多いことだった。

若者たちがただうっとりと、しかし、うっかりしているうちに、金花《ジンホア》は蔫児《ニエンアル》のものになってしまった。婚礼の夜、例によって新婚の褥《しとね》を邪魔しようという連中が押しかけたとき、あわや人死にが出かねない騒ぎになった。この連中は腹の虫がおさまらなかったのだ。美しい花を牛のくそに挿していいものだろうか。いや、いいわけはない！

金花《ジンホア》の父親は哈爾浜《ハルビン》に住む有名な外科医で、母親はバレリーナだった。それに引きかえ蔫児《ニエンアル》の父親は北京で三輪車をこぎ、日銭を稼ぐ人力車夫だった。雨の日やかんかん照りの日は仕事にならない。彼の家には食卓さえなく、従って一家がそろって食卓を囲む日もなかった。

しかし、当時のこの国は出身階級が労働者、貧農であってこそめでたけれ、金花《ジンホア》と銀花《インホア》の双子姉妹が属する知識階級は吊し上げの対象だった。父親は若いとき日本に留学して医者になり、闇の手術で日本のスパイの盲腸の手術をしてやったとか、いやいや、彼はそもそも日本人で、日本のスパイなのだと言う者さえあった。また、金花《ジンホア》と銀花《インホア》のたぐいまれな美貌を産んだ母方の血筋にも問題があり、バレリーナの母親の祖父は白系ロシア人だということだった。

当時のソ連とは国境紛争が起きたばかりだった。この双子の姉妹はは日本とロシア両国がぐるになって中国に害をなす国賊の子孫だから、これを放置することは歴史問題に関わる重大事だと言い立てる者もあった。

姉妹は連隊の衛生係とはいえ、雇員の身分だった。「生産建設兵団」の正式な「兵士」になろうとして資格試験を何度も受けたが、ついに合格しなかった。これも「歴史認識」の影響なのだろう。

妹の銀花《インホア》は姉の金花《ジンホア》とは対照的に気性が激しかった。逸話にもこと欠かない。一度トラクターに乗ったとき、運転手が銀花《インホア》の太腿に手を触れたのにかっとなって、運転手を仰向けざまに蹴り落とした。これ以来、彼女に言い寄ろうとする者は誰もいなくなった。

妹に比べて、金花《ジンホア》は気立て、人当たりのよさでみんなから好かれていた。これに加えて、当時手に入りにくかった脳血栓の特効薬「安宮牛黄《あんぐうごおう》」が、医師の父を持つ彼女の実家で難なく買い求めることができた。連隊が彼女を衛生兵に採用したのも無理はない。

これによって連隊の薬の使用量は倍増した。病気のあるなしにかかわらず、衛生室に駆けこむ者が増えた。ある老職工は自分が前立腺炎だと偽って彼女の指診《ししん》（指で患部を診察すること）を求めた。彼女に拒否された翌日、彼は本当に尿が出なくなって兵団の病院に急送され、睾丸が摘出される羽目となった。

金花《ジンホア》がどうして蔫児《ニエンアル》と一緒になったかは謎だ。婚礼の席で聞き出そうとする者もいたが、彼はただうっすらと笑うだけだった。

蔫児《ニエンアル》見るからに骨太で、ぶ厚い胸板に両肩を盛り上がらせ、どっしりとした腰回りの持ち主だ。九十キロの麻袋を誰の手も借りずにひょいと担ぎ、軽々と歩いてトラックに載せる。その彼がなぜ「牛のくそ」なのか。

確かに彼の造作は大きいが、細部の仕上げにやや手抜かりがあった。月のクレーターのような顔に、小さな目がぽつんと二つついている。そして、腋の下が臭った。狐臭《わきが》だ。夏の暑い日、遠く離れていても、ここは動物園のキツネの檻かと思うほどだ。彼が結婚すると聞いたとき、みんな思わず深呼吸した。集合宿舎にたちこめたキツネ色の霧が晴れ、空気が澄み渡るような気がしたからだ。

なぜ金花《ジンホア》は、そんな蔫児《ニエンアル》に心ひかれたのか？　それは彼の「アレ」が立派だからだ。いろいろ考えて、最後に残った理由はこれしかないと言い出す者がいた。蔫児《ニエンアル》が診察を受け、金花《ジンホア》が注射を打ったとき、それを見てしまった彼女は自分を抑えることができず、その場で結婚を決意したのだと、まるで見てきたような話に、みんなは大喜びした。

しかし実物を確かめるわけにもいかなかった。そこで金花《ジンホア》、銀花《インホア》、蔫児《ニエンアル》の三人がいるところで、とんでもないいたずらを仕掛けた男がいた。すだれのように編んだ爆竹を蔫児《ニエンアル》のパンツに入れ、火をつけたのだ。金花《ジンホア》が慌ててパンツの中から取り出したところで、その男が彼女に尋ねた。

「どうだ、ナニはでっかかったか?」

金花《ジンホア》は恥ずかしがって頬を赤らめたが、銀花《インホア》は義兄《あに》のために怒り狂った。地団駄を踏むように爆竹を踏みつけて火を消し止めた。これを見ていた別の男が半畳を入れ、銀花《インホア》をからかった。

「女房の妹は亭主の尻半分だ」

これは東北地方独特のいい加減な言い方で、文法的にも間違っている。正しくは、

「女房の妹の尻半分は姉の亭主のものだ」でなければならない。

しかし、妻の妹に対するこんな性的権利の認められるはずがない。当時の東北にはこういった悪ふざけを笑って済ます悪習があったのだ。しかし、銀花《インホア》にとっては我慢のならないことだった。歯がみしてふり向きざま、力任せにその男に平手打ちを数発かました。男の歯のほとんどがこぼれ落ちた。

姉妹の性格はまるで違っていたが、二人は見目形《みめかたち》そっくりで、誰にも見分けがつかなかった。

蔦児《ニエンアル》でさえ二人を見間違えることがあったが、彼を責めてはならない。双子の姉妹によく見かけるように、彼女たちも同じ身なりをし、髪型は同じポニーテールを結っていた。金花《ジンホア》は結婚後、髪の毛を頭の後ろで巻いたが、数日も経たないうちに銀花《インホア》はこれを真似、同じ髪型に変えた。年輩の職工は若い工員たちに教訓を与えた。銀花《インホア》を嫁にしようなどという料簡は決して起こしてはならない。あのじゃじゃ馬、扱いを間違えると命を落としかねないぞ、と。銀花《インホア》は、男気《おとこぎ》と言うのが当たらなければ姐御肌《あねごはだ》というのか、胸のすく啖呵《たんか》を切り、どんなもめ事でもきっぱりと筋を押し通す気質を持っていた。

北朝鮮映画『花売りの少女』が兵団の本部で上映されたときのこと。連隊の学生と兵団本部の警備兵が行列の割り込みで乱闘事件を起こした。学生たちは入場券を持っていなかった。それでも押し入ろうとして警備兵ともみ合いになり、派手な乱闘となったのだ。非があるのは学生の方だから、逮捕され、監禁されても仕方がない。

ここで両者の間に割って入ったのが銀花《インホア》だった。警備兵相手に向かって食ってかかったのだ。つかまえるんだったら、私をつかまえなさいよ。私はどかないわよ。打つなり蹴るなり押し倒すなり、好きにしなさいよ。警備兵たちは彼女の剣幕とあまりの美貌にたじろいだ。警備兵がひるんだすきに、姉の金花《ジンホア》は機転をきかして学生たちを引き下がらせ、その場はことなきを得たのだった。

この時期にはすでに、かなりの数の知青《ヂーチン》が元いた都市に帰っていた。独身の学生なら、北大荒《ベイダーホアン》に滞在することは健康的に無理があるという医師の証明さえあれば、帰郷が認められるようになっていた。

銀花《インホア》は何の病気もなく、身体は壮健そのものだ。彼女は鎌を隠し持って兵団の病院へ行った。医師は彼女の具合を尋ね、もし、ベッドを共にするなら、しかるべき診断書を書こうと暗示をかけた。銀花《インホア》は医師の机に鎌をがっきと食い込ませ、もし、診断書を書かなければ、あんたのものをちょん切るよと言った。医師は彼女に狂躁性の精神病があるとの診断書を書き、男性の生殖器に対する嗜虐性が認められると付記した。銀花《インホア》はこうして、ことなく哈爾浜《ハルビン》に帰ることになった。

銀花《インホア》は出発前、蔫児《ニエンアル》が兵団本部の石炭輸送を命じられて出張する留守を狙い、金花《ジンホア》の家に泊まりこんだ。お姉さん、しっかりしなさいよと活を入れ、もし、北大荒《ベイダーホアン》から出たいのなら、出させてあげる、腹をくくりなさいと言った。金花《ジンホア》は今の状態が運命だとあきらめているが、銀花《インホア》は人生に対してそのような見方は決してしない。ある計画を語り、姉妹は一夜、密議をこらした。

銀花《インホア》の出発日は、蔫児《ニエンアル》が彼女を兵団本部まで送ることにした。そこから長距離列車に乗って鶴崗《ホーガン》（黒竜江省の中部北寄り、小興安嶺の南東麓）まで行き、そこから各駅停車で佳木斯《チャムス》（黒竜江省の東）へ行き、哈爾浜《ハルビン》行きの急行に乗り換えるという道順だ。長距離列車は停車時間が短いので、用心のため前日の午後、彼らは兵団本部で落ち合うことにした。いつもは気難しく、人の言うことに必ず異を立てる銀花《インホア》だが、今回は機嫌よく、義兄の言うことにおとなしく従った。

その夜は招待所《チャオタイスオ》（公務のための宿泊所）に宿を決めた。銀花《インホア》は節約のために二部屋取らずにお義兄《にい》さんと同室したいと言い出した。蔦児《ニエンアル》は驚き、それはいけないことだと言った。銀花《インホア》は言った。お義兄さん、変なこと考えないで。大丈夫よ。みんなは私をお姉さんだと思うわ。誰にも分かりはしない。蔦児《ニエンアル》は言った。やはり、それはいけないことだ。人が何と思おうが、一緒に泊まって、もし間違いが起きたらどうする。取り返しがつかないことになる。

銀花《インホア》は涙を流して言った。

「お義兄さん、何考えてるの。私はただ、お義兄さんたちのために余計なお金を使わせたくないだけよ」

結局、二人はそれぞれ別の部屋を取った。

列車に乗るとき、銀花《インホア》は突然、蔦児《ニエンアル》に抱きつき、手を放さなかった。こんな抱きつき方は金花《ジンホア》に似ていると蔦児《ニエンアル》は思った。彼女は両手を腰に巻かずに尻を抱く。しかし、蔦児《ニエンアル》はただぼんやりとそう考えただけで、彼女のするがままに任せていた。

列車が走り出したとき、蔦児《ニエンアル》は、はっと胸を突かれた。何だか金花《ジンホア》が去っていったような錯覚、喪失感に襲われたのだ。これまで泣いたことがなかったのに、なぜか切ない涙がどっとあふれ出た。

銀花《インホア》が行って一週間経った。金花《ジンホア》はしょっちゅう癇癪を起こすようになり、それが段々と銀花《インホア》に似てきた。まるでこらえ性というものがなく、表情にも険が出る。金花《ジンホア》の得意とする哈爾浜《ハルビン》風ボルシチを作ってくれるよう頼んだとき、今はそんな気分じゃないと取り合わないし、布団カバーを外して洗うよう言っても、そこにまとめておいてと受け流す。特に困ったのは、一歳になった子どもを構いつけず、子どもが夜泣きするようになったことだった。夜中に子どもがトイレに行こうと母親を揺さぶっても、彼女はぐっすり寝入って起きようとしない。仕方なく蔫児《ニエンアル》が起きて溲瓶《しびん》を与えるようになった。蔫児《ニエンアル》が彼女のベッドにもぐりこもうとすると、

「やめてよ！」とにべもない。

金花《ジンホア》はこれまで拒んだことがなく、彼はやさしい金花《ジンホア》しか知らない。

金花《ジンホア》はますます気難しくなり、自分の気持ちを抑えようとしない。連隊の人がどんどんいなくなって、取り残された私たちはどうしたらいいの？　さびしくて気が変になりそうと、オンドルの上で子どもとゴムマリで遊びながら彼女は繰り返し訴えた。

「私たちの世代は貧乏くじを引いたけれど、この子の将来はどうなるの？　地べたに這いつくばって、モグラとけんかしながら生きていけと言うの？　きっと私たちを一生恨むわよ」

蔫児《ニエンアル》はうなずきながらため息をついた。上に政策あれば、下に対策ありと言うが、彼にはどんな対策も思いつかない。結婚したら知青《チーチン》の待遇が取り上げられるというのも、それはそれでもっともなことと納得してしまうのが蔫児《ニエンアル》の性癖で、要は逆らいようのない運命なんだろうと受け止める。

実のところ、彼はこの北大荒《ベイダーホアン》が気に入っていた。家も広々として住みやすい。彼の実家は北京にはあっても、九人の兄弟姉妹がわずか十平米《へいべい》の一間に押し合いへし合いしながら暮らしている。そんなところへ帰り、どうやってこの巨体をもぐりこませられるのか？　それに彼は役所相手の煩雑な手続きが苦手だった。自分の良心に誓って言うなら、コネを頼ったり、裏口を走り回ったりするのはご免だった。人をあてにしてやきもきし、うまくいかないからといって腹を立てたりするのはいやだったのだ。

北大荒《ベイダーホアン》は、こんな彼の思いにぴったりと寄り添ってくれる土地だった。十年来、開拓し耕してきた土地だから愛着も深まるし、こんな家でも彼が一人で手を加え、修繕を重ねてきた。一番の自慢は自分で作ったオンドルの煙道だ。上出来とはいえないまでも、彼なりの工夫を凝らしてある。どこの家でもオンドルは台所の竈《かまど》につなげてあるが、彼は居間のストーブにオンドルの煙道をじかにとりつけた。石炭を燃やすにも、豆殻をくべるにも具合がいい。火を起こすと、すぐオンドルが熱くなるだけでなく、台所の竈の周りを清潔に保てるのがよかった。

農民たちはみんなうらやましがり、この家のやり方を教わりに来た。几帳面に積み上げた薪《たきぎ》や焚きつけの藁《わら》の山も、このあたりの家で一番高かった。連隊の奥さん連中もみんなうらやんで家をのぞきに来て、口々に誉めそやした。この家のご主人は力があり余っているようだから、私たちに少し分けてもらえないかしら？　ご主人の体、ちょっと貸してちょうだいよ。あら、変な意味じゃないわよ。

こんなとき、金花《ジンホア》はただ笑っているだけだった。彼女は料理に手抜きをせず、料理には必ずスープをつけた。その腕前は名人といっていい。得意な料理は母親譲りのボルシチだった。母方の祖父はロシア人だったから、本場の仕込みだ。作り方はトマト、カブラ、タマネギ、それと実家から送ってきた牛脂……、うまいというだけでは言葉足らずだ。食べた人はみなお代わりをほしがり、また作ってほしいとせがんだ。

金花《ジンホア》はまたロシア式裂吧《リエバ》も上手に作った。リエバとはロシアのパンだ。酸っぱくて、油分は少なく、長持ちする。見た目はぱっとしないが、ラードを塗ってボルシチに添えると絶品だった。今では哈爾浜《ハルビン》の特産となっており、これに哈爾浜《ハルビン》のソーセージがあれば、もう言うことなしだ。

それから日本式の刺身。長年、日本で医学を学び、刺身の味を覚えた父親から教わった。さすが日本で無駄に時を過ごしていない。このあたりの漁師たちは刺身という言葉も刺身の食べ方も知ってはいるが、ただ、中国にはワサビというものがない。しかし、彼女の実家にはあった。父親はいつも哈爾浜《ハルビン》からわざわざ送ってくれた。

金花《ジンホア》の家の窓もほかの家と違った。北大荒《ベイダーホアン》のオンドルはみんな南向きの窓寄りに造ってある。窓といっても以前は紙を糊で張り合わせたものだったが、今はガラス戸に変わり、随分と暖かくなった。しかし、外から丸見えになる。それでもカーテンをかける家はなかった。一つには、当時は何を買うにも票《ピャオ》（購入券）がなければならず、綿布は一家の着る分をまかなうのがやっとで、いくらしゃれっ気があっても、カーテンまではとても手が届かなかったせいもある。もう一つは、北大荒《ベイダーホアン》は日暮れが早い。暗くなると、みんな家に閉じこもる。人の家をのぞく者などなく、どの家も早々と灯りを消すから、カーテンは無用のものとなる。

しかし、金花《ジンホア》の家だけは違った。ロシア式の純白のカーテンが窓に揺れていた。昼間、外から部屋の中は見えず、中からは外が手にとるように見えた。そのカーテンは金花《ジンホア》が一針一針、手縫いしたものだった。家の中はきれい好きな金花《ジンホア》らしくクレゾール液の匂いがした。まるで絵か写真から抜け出したような室内は、全兵団憧れの的だった。

何はともあれ、独身者であれば都市への帰還が認められ、夫婦であっても離婚後は独身者の扱いになったのは、政策の雪解けということであろうか。しかし、離婚には当然のことながらその理由が必要だった。

現在なら、どちらかが結婚生活を投げ出したら、それで即離婚成立だが、当時は違う。所属機関の承認が必要だった。承認されなければ、どうあがいても離婚できない。どういう状況なら承認されるかというと、まず、配偶者の一方が性生活を営めなくなること。これは蔫児《ニエンアル》の家に当てはまらない。子どもが生まれ、そろそろ一歳になるからだ。次に感情のもつれ、いわゆる性格の不一致も二人には適合しない。二人の仲むつまじさを連隊の誰一人知らぬ者はない。

離婚はならず、北大荒《ベイダーホアン》に残るしかない現実に鬱々としていた金花《ジンホア》に、銀花《インホア》からの手紙が届いた。哈爾浜《ハルビン》でロシア料理の大宴会を開いたこと、一九七九年に文革後初めて外国映画が上映され、高倉健と中野良子の主演で大人気の『追捕（君よ憤怒の河を渉れ）』を見たこと、「快巴《クアイバ》」ブランドの衣料（綿毛混紡の化学繊維で解放軍や警察の制服にも用いられ、高品質で人気となった）でスカートを仕立てたこと……銀花《インホア》の得意満面の表情が伝わってきた。

金花《ジンホア》の気持ちを決定的に動かしたのは、銀花《インホア》が大学入試の準備を始めたということだった。文革の十年間、大学は学生募集を停止していたが、翌年から全国で入試が復活するという。心機一転、新しい生活はもう目の前にあるのだ。（映画『追捕』の上映は北京で七八年十月、哈爾浜《ハルビン》では恐らく七九年。一方大学入試の復活は七八年で、年代が合わない。作者に確認すると、「これは作者のうかつだが、小説は総じてそんなに厳格なものではない。もし必要なら、別な映画にしてもよい」との返事があり、そのまま訳出した）

これは双子の姉妹の考え方が伝染し合って、いつの間にか同じになるということだろう。銀花《インホア》に新しい生活が始められて、金花《ジンホア》にできないはずはない。ここで挫折したら、三寸の浅瀬でおぼれ死にするようなものだ。上に政策あれば、下に対策あり。とにかく離婚だ！　そして哈爾浜《ハルビン》へ帰ろう。哈爾浜《ハルビン》へ帰ったら、また再婚すればいい！　金花《ジンホア》の頭はフル回転を始めた。

この日、金花《ジンホア》は早々に退勤した。家に帰って腕によりをかけ、「四蛋一湯《スーダンイータン》」を作った。一湯《イータン》はボルシチのスープで、四蛋《スーダン》は卵四種、ニワトリ、ガチョウ、アヒル（塩漬け）、そして羊だが、羊の卵はないのでその睾丸で代用した。北大荒《ベイダーホアン》では豚を屠殺《つぶ》したときしか肉にありつけない。冷蔵庫がないからだ。豚を屠殺《つぶ》さないときは肉がないから、卵を食べる。羊の肉が配給されるときもある。連隊で飼っている羊が狼に噛み殺されたときだが、これが相当な数になる。蔫児《ニエンアル》は誰も見向きもされず捨てられる羊のタマタマをいつも拾って帰り、この日は羊の肉を食べ尽くしてタマタマだけが残っていた。これを合わせて四蛋《スーダン》としゃれたのだ。ニワトリの肉も残っていたので、ハシバミの木に生えるキノコと一緒に煮込んだ。

蔫児《ニエンアル》は帰ってくるなり、

「ああ、いい匂いだ」と鼻をぴくぴくさせ、オンドルの食卓に並んだご馳走を見ると大はしゃぎした。早速、「北大荒《ベイダーホアン》」印の焼酎を温め、

「ああ、幸せの日々、などて過ぎゆく」などと歌った。

金花《ジンホア》はオンドルに座って子どもをあやし、寝かしつけようとしながら、一言も発しない。蔫児《ニエンアル》は彼女の目から涙の粒がこぼれそうになっているのをちらと見て、見ないふりをした。女は赤子と同じで、あやせばあやすほど余計むずかるものだ。ここは君子危うきに近寄らず。触らぬ神に祟りなしといこう。

子どもを寝かした金花《ジンホア》は、涙をふき、食卓に着いた。蔫児《ニエンアル》は上機嫌の笑顔を作り、彼女に燗のついた焼酎の酌をして言った。

「乾了吧《ガンラバ》(さあ、乾《ほ》せよ)」

おそらくはロシア人の血が四分の一入っているせいか、彼女の酒量は相当なものだ。杯をかかげ、喉の奥へ一気に流し込んだ。こうして三回ほど、杯の応酬があって、金花《ジンホア》が本題を切り出した。

「私が哈爾浜《ハルビン》へ帰りたいって言ったら、あなたどうする?」

「いいよ。お前がそうしたいなら、そうしよう。あっちこっち頭を下げ、頼んで回るだけのことさ……」

「人を当てにせず、自力でやるのよ」と金花《ジンホア》は言った。

「離婚か?」

金花《ジンホア》はうなずいた。

「本気じゃないわよ。みんなを騙して、哈爾浜《ハルビン》へ帰ったら、再婚すればいいんだから、どうってことない」

「みんなを騙すって、お前、大丈夫か？」

蔦児《ニエンアル》の懸念はもっともだった。

金花《ジンホア》は答えた。

「本当らしくやればいいのよ。明日出勤前に二人で大げんか、おっぱじめるの。怒鳴り合いして、取っ組み合いして、頭をがつんとやって、ぱっと血が出て、みんなが止めに入ったら、誰だって信じるわよ」

蔦児《ニエンアル》は言った。

「お前は注射を打つ名人だけれど、人を殴るのはな。お前に殴られても、蚊に食われたようなものだろう」

「やるのは私じゃない、あなたがやるのよ」

蔦児《ニエンアル》は言った。

「お前に手を上げるなんて、とてもできないよ。俺たち、けんかのけの字もしたことのない仲良し夫婦だ。どの口して、こんちくしょうだの、ぶっくらわせるぞだの、言えるのかね」

金花《ジンホア》は言った。

「これには私たち一家三人の将来が懸かっているのよ。ここに残ったら、一生、モグラとけんかして過ごすことになるのよ」

蔦児《ニエンアル》は言った。

「俺はモグラとけんかは慣れてるよ。でも、哈爾浜《ハルビン》へ行ったら、モグラとけんかもできなくなるだろう。どうすりゃいいんだ？　俺にできる仕事はあるのかな？」

金花《ジンホア》は言った。

「あなたはまだ三十歳になったばかりでしょ。何だってできるわよ。私は大学を受験する」

蔦児《ニエンアル》は言った。

「大学を受ける？　子どもはどうするんだ？」

金花《ジンホア》は言った。

「あなたが面倒見るのよ。あなたは試験に受からないもの」

蔦児《ニエンアル》は黙ってしまった。彼は子どものときから勉強は嫌いだった。

金花《ジンホア》はまた言った。

「真面目にやって。冗談を言ってるときじゃないんだから。明日、目が覚めたときからお互い他人になるのよ。口も聞きたくない、顔も見たくない他人になるのよ。いい？」

蔦児《ニエンアル》は力なく笑うだけだった。

夜、蔫児《ニエンアル》は国へ物納（大便）し、少し眠ったところへ金花《ジンホア》がまた、むさぼるような口づけをしてきた。そして彼の上にのしかかってきたではないか。蔫児《ニエンアル》は結婚してからの長い月日、一度も妻の下になって行ったことはない。彼は言った。

「まじかよ。女が上になるって、どんなだ?」

金花《ジンホア》は涙を雨のように滴らせて言った。

「明日からはもうできないのよ。あなただって、そんなこと、もう考えるだけでもいけないのよ!」

蔫児《ニエンアル》は金花《ジンホア》を怒らせてしまったようだ。

金花《ジンホア》はみなぎる水となり、汀《みぎわ》を浸す湖水となり、蔫児《ニエンアル》は深く沈んだ。見上げると、水面《みなも》にぽっかりと光の輪が灯っている。彼は喘ぎながらその中へ懸命に浮かび上ろうとしていた。

かんかんと犂《すき》の刃《は》を敲《たた》く音がして、出勤の時間になっても、蔫児《ニエンアル》はまだ夢の中にいた。以前はラッパの音だったが、ラッパ手が帰郷してしまい、残った者が吹こうとしても音が出なかった。やむなく犂の刃を敲くことになったのだ。

蔫児《ニエンアル》は湖水に潜ってレンコンを抜く夢を見ていた。レンコンの節は白くぬめって光っていた。よく見ると、それは金花《ジンホア》の太腿だった。鬼バスの種をつまんだと思ったら、それは銀花《インホア》の乳首だった。彼は金花《ジンホア》と銀花《インホア》の区別がつかなくなり、湖水の水は真っ白い光となった。

蔫児《ニエンアル》は平手打ちで目が覚めた。

金花《ジンホア》は言った。

「何てことをしてくれたのよ？」

子どもがわっと泣き始めた。

蔫児《ニエンアル》は何が何だか分からない。

「どうしたんだ？」

「どうしたもこうしたもないわよ。しらばっくれて！　こうなったら、世間の皆さまに聞いてもらいましょう！」

こう言い捨てて、金花《ジンホア》はさっさと出ていったが、蔫児《ニエンアル》はパンツを探したが、見つからずにうろうろするばかりだった。そこへ五寸（十六センチほど）もあろうかという漬け物石が投げ込まれた。白菜の湯漬けの重しに使う石だ。ガラスをガチャンと破ったが、幸いなことに、かぎ針編みのカーテンがかかっていたので、蔫児《ニエンアル》の頭を割らずにすんだ。割れたガラスがカーテンにからまって揺れている。そこへ寒風が吹き込んで、子どもの泣き声が一層激しくなった。蔫児《ニエンアル》は子どもに向かって叫んだ。

「じっとしてろ。動くんじゃない！」

蔫児《ニエンアル》はまる出しの尻に綿入れのズボンをはき、二の腕をむき出しにしたまま外に出た。旧暦の二月は早春とはいえ、北大荒《ベイダーホアン》はまだ雪と氷に閉ざされ、雪が消えるのは五月の声を聞いてからだ。寒風にさらされて、蔫児《ニエンアル》の身体はがたがたと震えた。

「中に入ろう。話があるんなら中で聞く」

「よくも騙してくれたわね。今日という今日、もう我慢ならない。もう、元には戻らない。取り返しがつかないってことよ!」と切り口上が返ってきた。

連隊の家々のドアが開いた。男も女も老人も子どもも、この降って湧いた騒ぎを見物しようと集まり、ひしめき合っている。人だかりを見澄ました金花《ジンホア》が一声高く叫んだ。

「言えるものなら言ってみな。銀花《インホア》のお腹を大きくしたのは、一体、誰の仕業《しわざ》なのさ! あんただろう、この恥知らず!」

銀花《インホア》の腹が大きくなろうと、ならなかろうと、蔫児《ニエンアル》の知ったことではない。だが、この二人を取り巻く人垣は、蜂の巣をつついたような騒ぎになった。これはまさに驚天動地の大ニュースだ。やっぱりあの札付きの性悪《しょうわる》女、銀花《インホア》が姉の夫を盗んだのだ。彼女の尻の半分は姉の夫のものだったのだ。

蔫児《ニエンアル》は怒鳴った。

「ふざけたことを言うな! 俺がいつあの娘《こ》に手をつけたと言うんだ?」

金花《ジンホア》はふんと笑った。彼女は単衣《ひとえ》の上着しか着ていなかった。細かい模様の上で、二つの乳房がつんと立ち、寒さのためか怒りのためか、寒風の中で震えている。

金花《ジンホア》は言った。

「手をつけなかっただって？　あんた、私の内股に手を入れて探ったじゃない。ホクロはどこだって。誰のホクロのことなのよ？」

蔫児《ニエンアル》はますますもって分からなくなった。

「え、何のことだ？　ホクロがどうした？　今日あったホクロが明日はなくなるか？　どこかへ行っちまうのかよ！」

蔫児《ニエンアル》は金花《ジンホア》のそこにホクロはあると思っているから、その通り言ったまでだ。だが、居合わせた大人たちは、待ってましたとばかり、卑猥な笑いを浮かべた。

蔫児《ニエンアル》は金花《ジンホア》にどやされて、びりびりっと電気に触れたようなショックを受け、大急ぎで記憶の糸をまさぐった。金花《ジンホア》にホクロがないって？　ないホクロを、俺はどうして覚えているのか？まさか、見たのは銀花《インホア》のホクロだったというのか？　そんな馬鹿な……。

彼は去年のことを思い出した。麦の刈り入れのときだ。衛生係の金花《ジンホア》は薬箱を担いで畑へ行った。蔫児《ニエンアル》はレンガを焼く窯の仕込みで畑には出なかった。畑の昼食は畑でとり、レンガ工場の昼食は自宅でとることになっている。蔫児《ニエンアル》は家に帰り、ドアを開けてびっくりした。金花《ジンホア》がオンドルに一糸まとわぬ姿で横たわっていたのだ。彼は言った。

「おいおい、一仕事やってきたというのに、お昼もまた家でお仕事かよ？」

金花《ジンホア》はくすっと笑い、手を伸ばして蔫児《ニエンアル》をオンドルに引っぱり込んだ。

蔫児《ニエンアル》は言った。

「昼日中からやらかして、人に見られたらどうする？」

金花《ジンホア》は言った。

「このカーテンは外からのぞいても見えないの。大丈夫。試したんだから」

仕事が待っているから、二人は速戦即決を決めこんだ。金花《ジンホア》が急いで身繕いして出かけた後、蔫児《ニエンアル》はオンドルでついうとうとして目を覚ますと、また人にのしかかられている。

「どうした？　また戻ってきたのかよ？」

金花《ジンホア》は何も答えず、黙って唇を押しつけ、蔫児《ニエンアル》の口をふさいだ。言うまでもなくまたもう一戦に及んだが、疲れた体には苦戦だった。

あの日、蔫児《ニエンアル》は少しばかりいぶかしく思った。金花《ジンホア》は一言もしゃべらかった。どうも変だ。まさか……。

ここまで考えて、蔫児《ニエンアル》は頭が空っぽになった。

果たして、頃合いを見計らったように、善意の隣人が仲裁に入った。

楊鉄匠《ヤンテイエジアン》が言った。

「分かった、分かった。もういい。話はこれまでだ。金花《ジンホア》も分かってやれ。女房の妹は亭主の尻半分だっていうだろう」と、また変な東北方言を付け加えたが、この台詞は、この夫婦の認めるところにはならず、金花《ジンホア》は猛然とくってかかった。

「手前《てめえ》の母ちゃんこそなんだい。姉の亭主に尻半分、かっぱらわれたくせに！」

楊鉄匠《ヤンテイエジアン》は怒りのあまり、袖を振り払って立ち去った。

蔫児《ニエンアル》は不思議でならない。こういうけんか早さ、相手をやり込める啖呵の切り方はまったく金花《ジンホア》らしくない。

蔫児《ニエンアル》は言った。

「まったく、お前たち双子は誰にも見分けがつかない。ああ、亭主の俺だって取り違えもするさ。お前とやっても、妹とやっても、さっぱり区別がつかない。こうなったら、どっちがどっちなのか、哈爾浜《ハルビン》で三人の直接対決といこうじゃないか」

だが、金花《ジンホア》の次の言葉が蔫児《ニエンアル》を逆上させてしまった。

「何が直接対決よ。あんたはどこへ行ったたって、狐臭《わきが》の鼻つまみだよ！」

蔫児《ニエンアル》はもともと穏和な質《たち》だ。周りの者がどんな冗談や悪ふざけを仕掛けてきても、平気な顔をして笑っている。だが、この体臭のことだけは、決して踏んではならない虎の尾だった。

蔫児《ニエンアル》は頭に血がのぼるのを感じた。それより早く、悪態をついた金花《ジンホア》の口に拳が飛んだ。その口から無残な悲鳴が上がり、血まみれの歯が飛び出した。口半分の歯がなくなって、地面に散らばっているのを、金花《ジンホア》は信じられない思いで見つめた。

蔫児《ニエンアル》は自分を抑えられなくなっていた。

「臭いのはお前だ。俺は知ってるぞ。お前はあのラッパ吹きに臭い洞簫《しゃくはち》を吹いてやっただろう！」

これは本当のことだ。しかし、これを知る者はいないはずだ。これだけは誰にも知られてはならないと、金花《ジンホア》はあのラッパ手にあれほど念を入れ、言い含めておいたはずだ。金花《ジンホア》は不思議でならない。知るはずのない蔫児《ニエンアル》がどうして知っているのか。

これはこういうことだ。

早起きのラッパ手は、小用を足すひまがない。我慢に我慢を重ね、起床ラッパを吹き終わってからやっと用を足す。こんな毎日を続けた結果が排尿困難症だった。早く処置しなければ尿毒症の危険がある。一旦、腎機能が不全に陥れば、腎臓を取り換えなければならなくなる。以前に前立腺炎と尿毒症を併発し手遅れになった患者がいた。今回は同じ失敗を繰り返してはならない。そのためには導尿管が必要だったが、それもない。金花《ジンホア》がしたことは、身をもって導尿管の役割を果たすことだった。ラッパ手の一物《いちもつ》を取り出すと、口にくわえ、尿を吸い出したのだ。だが、いくら治療のためとはいっても、これは決して人に知られてはならないことだった。

見物人の一人の女が蔫児《ニエンアル》に向かって言った。

「いいじゃないか。何の楽器だろうと、吹けるだけ大したものだよ。いちゃもんをつけることないだろう。けつの穴の小さい男だね」

その亭主で大工の王《ワン》さんが言った。

「お前、分かっちゃいないな。洞簫《しゃくはち》ってのはな。お前が夕べ俺にやっただろう。あれが洞簫を吹くってんだよ」

「それじゃ、あのちっちゃいのが洞簫なのかい?」

「この野郎、亭主の面汚しが! とっとと行っちまえ」

金花《ジンホア》は泣きながら叫んだ。

「馬鹿、馬鹿!」

「ああ、馬鹿だよ。あの子が誰の子か知らないんだからな」

蔫児《ニエンアル》は何でこんな言葉を口走ってしまったのか、自分でもよく分からなかった。あの時代、DNA検査などというものはなかったから、こういう事態に施す術はもうなかった。

金花《ジンホア》は叫んだ。

「あんた、自分の口から言えないのかい？　この子は誰の子か」

「知るもんか。お前の診療所は毎日、男が絶えなかったからな」

今度は連隊の女たちの出番だった。金花《ジンホア》に対する日ごろの反感を口々に噴出させた。

「やっぱりね。ふしだらな女だよ。手がつけられないね」

「泥棒ネコだよ。連隊中の男に色目を使ってさ」

「まったくだ！　家の馬鹿亭主ときたら、オンドルの上であの女の名前を叫ぶ始末だからね」

金花《ジンホア》はいきなりニワトリ小屋の上に置いてあった鎌を蔫児《ニエンアル》目がけて投げつけた。鎌は彼の右目に命中し、一メートル九十センチの大男は山が崩れるように、その場にどうと倒れ、そのまま気を失った。

蔫児《ニエンアル》が兵団本部の病院で気がついたときは、すでに右目が摘出され、ガーゼでぐるぐる巻きにされていた。蔫児《ニエンアル》は歯ぎしりして叫んだ。

「あの女、殺してやる！」

離婚許可証はその日の午後、病院に届けられた。兵団当局はこれ以上の刃傷沙汰を恐れ、二人が顔を合わせることを禁じた。

蔫児《ニエンアル》が退院したとき、金花《ジンホア》はすでに子どもを連れて哈爾浜《ハルビン》へ帰っていた。子どもの戸籍は法律によって母親に属することになった。

蔫児《ニエンアル》は北京に帰った。家族と狭い台所に住み、父親の仕事を継いだ。三輪車をこぎ、平台に載せた人や荷物を運んでその日の食い扶持を稼ぐ。文字通りその日暮らしだ。

北大荒《ベイダーホアン》の雪がみんな消えたころ、新しい知青《ヂーチン》の政策が出た。結婚している知青《ヂーチン》も、もと来た都市に帰ることが認められたのだ。しかし、蔫児《ニエンアル》と金花《ジンホア》の二人は再婚しなかった。

蔫児《ニエンアル》にはいまだに分からないことがある。あの日の金花《ジンホア》のあまりに猛々しい振る舞いがどうも腑に落ちない。どうしてあんなにも銀花《インホア》に似ていたのだろうか？

さらにその後、哈爾浜《ハルビン》で「生産建設兵団」の戦友会と称する集まりが開かれた。蔫児《ニエンアル》は行かなかった。人の話を聞くと、金花《ジンホア》は顔を出してはいたが、精神状態が変だったという。銀花《インホア》の方は相変わらずあの調子で、とても元気そうだったが、歯の半分は入れ歯になっていたということだ。

蔫児《ニエンアル》はこれを聞いて、その人が勘違いしていると思った。姉妹はあまりにも似ていて、見分けるのが難しいのだから。

# 傷心しゃぶしゃぶ

（原題・傷心涮肉館）

彼は急に行くと言い出した。この雪の中、黒竜江省へだと？　よせよと私は言った。行ったってどうにもならん。彼は言い返した。お前は分かっていない。今行かないと、もう行けなくなるんだ。私は言った。俺たち、六十路《むそじ》の坂にはまだ遠い。焦るなよ。

それでも行くという彼に、私は綿入れの外套を貸した。それはあの黄色、あのクソ色をした軍用コートのまがいもの。一九六九年、黒竜江省へ行き「生産建設兵団」と呼ばれた人民解放軍の開拓団に入ったとき、私が着ていたものだ。ウスリー川の珍宝島《チェンバオタオ》でソ連軍との武力衝突が起きたのはその年のことだった。北辺の防衛と荒地開拓のためと、中卒から高卒までの知青《ヂーチン》（知識青年）たちに大号令がかかったのだ。

あのとき、私たちはまだ十六歳だった。綿入れの外套、綿入れの上着、綿入れのズボン合わせて三十六元。無償で支給されるはずだったのに、開拓団の賃金から二回天引きされた。今、これを揃いで買おうとすれば、数千元というレトロ趣味の超高値がついている。当時、この衣裳を着たいがために開拓団を志望した若者が多かった。天引きは北京市の決定だと、「兵団」はぬけぬけと言い抜けたが、これ以降、入団志望者はがた減りしたということだ。

彼――関《コアン》君はこの外套のことをよく覚えていた。彼の外套は、開拓団を引き上げるとき土地の農民にくれてやった。今回行くに当たって、私の外套をどうしても貸せという。

彼が行こうとした理由は簡単だ。自分が若かったころ働いた場所を見たいから。私が行きたくなかった理由も簡単だ。それを見て、大事にしまっておいた思い出を壊したくないからだ。

彼が出かけた数日間、私はあのときの写真を引っ張り出して見た。六人の世間知らずで生意気盛りの若造が、革命の英雄気取りでポーズを作っている。憧れは知略縦横の革命軍人、難攻不落の威虎山《ウェイフーシャン》を乗っ取り、匪賊を退治して京劇や映画の主人公になった揚子栄《ヤンツーロン》だった。

六人の若者は幼顔《おさながお》にウサギの皮の帽子をかぶり、クソ色の外套をまとい、眦《まなじり》を決して記念写真におさまっている。これは連隊から県政府の所在地へ石炭の運搬要員として配属されたときのものだ。私たち同期が写真館で撮影して実家に送った、たった一枚の記念写真だった。あの写真館が今も残っているかどうかは分からない。

十数日経った。関《コアン》君はふらふらになって戻ってきた。げっそりして、あまりのやつれようなので、老舗の東来順《トンライシュン》で涮羊肉《ショワンヤンロウ》（羊肉のしゃぶしゃぶ）をおごり、慰労することにした。だが、彼は店を換えてくれと言う。何を食べたいかと尋ねると、東来順《トンライシュン》以外だったら、どこでもいいと言う。仕方なく、烤肉季《カオロウチー》にした。羊の焼き肉（日本でいうジンギスカン料理）で知られた店だ。

北京の城北、細長い池のように見える前海《チエンハイ》と後海《ホウハイ》がくびれて接するところに石造りの銀錠橋《インディンチャオ》がアーチを描き、烤肉季《カオロウチー》はその東側にある。雪と氷の道を踏みしめながら、子どものとき泳いだ前海《チエンハイ》の西岸に沿って荷花《ホーホア》市場を抜けて行く。

この市場には一九六〇年代にプール、文革後期にはアイススケート場も併設され、その入口と更衣室があった。不良少年少女のたまり場になっていて、暴力事件や〝不純異性交遊〟が頻繁に起こった悪所でもあったが、ここではこれ以上触れない。

荷花《ホーホア》市場の名は咸豊《かんぽう》年間（一八五一〜一八六一）末期、荷花《ホーホア》（蓮の花）の市場が開かれていたところから来ているが、そのたびに焼き肉の屋台を出していたのが烤肉季《カオロウチー》の前身だ。

馬蹄形した銀錠橋《インディンチャオ》にたどり着いたのは陽が落ちる時分だった。晴れた日なら西に山影を遠望し、これが「燕京（北京）八景」に数えられる「銀錠観山《インディンコアンシャン》」の絶景なのだが、折からの雪に降り込められている。だが、烤肉季《カオロウチー》の灯りが雪に照り映え、焼き肉の香ばしい香りが漂ってきた。

私たちは二階に上がって窓際のテーブルに陣取った。外を見ると、「雪樹銀花」の風情に加えて眼下の前海《チエンハイ》は一面、紈《しろぎぬ》の装いだ。正月を待ちかねた子どもたちが嬉々として爆竹を鳴らしている。

「静瀧《ジンリュウ》」の徳利が来た。おお、七十度を超すってか。喉をほとばしって胸を焼くだろう。飲む前から喉が鳴る。彼は一口あおった。そして、持った箸をぱたんと置いて、涙を流し始めた。

私は言った。焼き肉ぐらいでうれし泣きか。せいぜい食ってくれよ。焼き肉ぐらいなら、いくらでもお任せあれだ。

彼は言った。

「食い物のことより……、いや、実は食い物の話なんだ」

何を言ってるんだか。とにかく彼にゆっくりと話をさせることにした。

「別に東来順《トンライシュン》が烤肉季《カオロウチー》より味が落ちるというわけではないんだ。実は東来順《トンライシュン》のことで、話がこんがらがった……」

彼は芝麻焼餅《チーマーシャオビン》（ゴマ焼き餅）を割って中から耳たぶのような芯を取り出して捨て、その中に羊の焼き肉を詰めた。その慣れた手つきが何ともさまになって、嫉妬するほど美しい。一口頬張るなり、

「うん、この味だ」とうなずいた。

関《コアン》君に誉められれば光栄だ。彼はちゃきちゃきの北京っ子で、自他共に認める美食家で通っている。先祖は「満州旗人」と呼ばれた清朝の貴族で、宮廷の内務府に勤める身分だった。瓜尔佳《コアルチャー》という満州族の姓を名乗っていたが、清朝が倒れて中華民国の時代になると、「関《コアン》」という漢族の名前に改めた。世が世なら何不足ない身の上だが、それも社会主義の世では老人の昔話に聞かされる繰り言になってしまった。「満州旗人」の血筋は記憶力がずば抜けていいという世評だが、その記憶も今となっては何の役にも立たなくない。関《コアン》君の場合も、もはやどうでもいいような記憶ばかりが残っているようだ。私は彼の記憶力を試してみた。

「昔の東安市場《トウアンシーチャン》へ行くと、東来順《トンライシュン》の裏口がよく見えた。南向きにアンペラ掛け（一種のむしろ掛け）の小屋を建てかけて、中でまっ白な上っ張りを着た三人の職人が働いていた。あれは羊の

肉を切り分けていたんだろう？　覚えているか？」

「当たり前だ。昨日のことのように覚えているさ。だが、お前は一つ見落としている。三人のほかに小屋の外にもう一人いただろう」とまず自分の記憶力を誇り、

「あれは長椅子にまたがって、ひたすら包丁を研《と》いでいたんだ。三人の庖丁人は包丁をとっかえひっかえ使うからね。研ぎは一人、多勢に無勢で追われまくっていた。一皿四両（二百グラム）の肉を切り分けないうちに、包丁が脂《あぶら》で切れなくなってしまうんだ。もたもたしていると、兄貴分の拳骨が飛んでくる。もう戦場だったよ」

「どうやって切るんだ？　覚えてるか？」

「覚えてなくてどうする。タオルでこう押さえながら切るんだ。生肉だからね」

彼が言うには、東来順《トンライシュン》の庖丁人が肉を切り分けるさまは街の風物詩だ。行き合わせた通行人は、みな足が釘付けになる。イスラム教徒は牛や羊の切り取ったばかりの肉しか食べなかったから、屠殺《つぶ》してから一気に肉の外しにかかる。冷凍しなければ薄切りにできないなどと言う、今のなまくらな料理人とは土台、腕の仕込みが違う。東来順《トンライシュン》の職人の包丁さばきは芸術だと言われる所以《ゆえん》なのだ。

彼が聞いてきた。

「おい、俺がどうして東北へ行ったのか聞かないのか？」

「初恋の人にでも会いに行ったんだろう」

「どう致しまして。あのころ、お前たちは恋愛ごっこに夢中だったが、俺はひたすら食べていた。お前たちのやってることは危なっかしくて見てられなかったよ」

その通りだ。あの時代、いくつもの恋愛沙汰があり、いくつもの結婚があった。そして、逆境で苦楽を共にしたはずの熱い仲が、都会に戻った途端にだめになる実例をいくつとなく見てきた。

彼はその当時から舌の肥えた食いしん坊として名を馳せていた。みんなが腹を減らしたロマンチストだったとき、彼だけはたらふく食べるリアリストだったのだ。宮廷遊泳術に長《た》けた満州貴族の血筋のなせるわざか、一緒に働く地元の農民や職工連中に滅法受けがよく、いい関係を作っていた。その家でうまいものを食べるときは必ず呼ばれ、お相伴にあずかる果報者だったのだ。

「俺は十人組の班長だったからな。覚えているか?」と彼は言った。

「副班長だろう」

「いや、班長はとんずらして、行方《ゆくえ》不明になった。だから俺は実質的な班長だったんだよ」。

「班長とは名ばかり、苦力《クーリー》(肉体労働者)だったよな」

「その通りだ。人の倍は働いたからな。連隊で羊を屠殺《つぶ》したの、覚えているか?」と彼が聞いた。

「もちろんだよ。知青《チーチン》（知識青年）食堂で羊の蒸かし饅頭を作って、たらふく食った。女子学生までゲロするほど食った」

「俺は、そんなに食っちゃいない」

これを聞いて、私はむかっ腹が立った。こいつめ。ちゃっかり人を出し抜いて、またどこかでうまいものにありついていたんだろう。私は尋ねた。

「それじゃ、羊のタマタマを覚えているか？　タマ抜き（去勢）したら捨てるやつを、張《チャン》さんが二つとも家に持ち帰った。酒の肴にしたんだろう？」

「さあ」と彼。

「覚えてないわけないだろう。あのころはこんなゲテモノを食べようなんて誰も思わない。張《チャン》さんは時代を超越したんだ。今、食い物屋では、羊の腎臓よりタマタマの方が値が張るんだからな。あのときはただでいただき、お持ち帰りだ！」

私たちは杯をカチリと合わせ、ぐいと飲み干した。私はさらに追い打ちをかけた。食い物の恨みだ。

「どうなんだ。本当は張《チャン》さんのところへ行って、タマタマで一杯やったんだろう？」

「いや、さすがの俺もタマタマだけは願い下げだ。実はそのとき、樊《ファン》さんが来たんだよ。覚えてるか？　いつも青白い顔した胃病持ちで、いつも現場で軽作業に回してくれと泣きついてきた。

樊《ファン》、樊梨花《ファンリイホア》（中国史上有名な強くて美しい女将軍）の樊《ファン》だよ」

私に覚えはなかった。別の班の人間まで覚えていられない。顔を見れば思い出すかもしれないが。

「樊《ファン》さんが排骨《パイコー》（上等なロース身の骨付き）を二斤（1キロ）ぶら下げてきた。骨ごとかぶりつくやつだよ。食べ盛りの腹っ減らしにはもう、たまらないね」

「樊《ファン》さんのことは覚えていない」と私は言った。もう四十年前の話だ。

「樊《ファン》さんは肉を切り終えてから、晩飯は俺の家へ来い。食堂に行くなと言うんだ。うまい糊羊肉《ホーヤンロウ》（醤油で味つけをした東北地方のスープ煮）をたらふく食わせてやるからなと、こういうわけだった」

彼が樊《ファン》さんの家に行ったことは信じよう。しかし、食いしん坊の彼が知青《チーチン》食堂の蒸かし饅頭を食わないはずがない。

「お前もしつこいな。ああ、認めるよ。食ったよ。まずは樊《ファン》さんの家でご馳走になって、蒸かし饅頭は俺の分を取っといてもらって夜中に食った」

話がとりとめもなくなったので、私は彼の話を遮った。

「俺たちは同じ北京に住んでいるといっても、会って話す機会はめったにない。過去のことは過去のことだ。今、目の前の現実について話そうや」

「実はね。過去のことが、今の現実になっちまったんだ」と彼は切り出した。

十六歳の俺はあの夜、樊《ファン》さんの家へお呼ばれした。情ないけど、手ぶらでだ。これではいくら子どもでも、面子が立たない。ここは泣く子も黙る北大荒《ベイダーホアン》（黒竜江省で開墾中の荒地）だ。「北大荒《ベイダーホアン》」印の焼酎一本、ぶら下げていかなくてどうする。だが、買おうにも買う銭《ぜに》がなかった。

家に入って靴を脱ぎ、オンドルに上がった。これは最高のもてなしだ。オンドルの上であぐらをかいた。羊料理ができあがってきた。

羊の肉は大輪のボタンの絵を描いた洗面器に盛ってあった。スープも肉もたっぷりだ。赤いスープには赤トウガラシがぷかぷか浮いている。酒も暖まっていた。樊《ファン》さんが言った。

「俺は胃が弱くて、そんなに飲めねえ。俺の分までやってくれ！」

俺だってそんなに飲める口じゃないし、だってまだ十六歳の子どもだよ。心は酒より肉の上にあった。

「うまいかい？」と樊《ファン》さんの奥さんが尋ねた。

気がついて見ると、二、三歳の女の子がいて、台所のかまどで火の番をさせられていたが、その子の目はオンドルの上の洗面器に吸いつけられて離れない。樊《ファン》さんの奥さんは樊《ファン》さんより随分小柄だった。故郷の安徽省からもらい受けてきたという。十人並みの顔だちだが、紅《べに》をさしたような、赤みを帯びた肌つやが見るからに健康そうだった。頬紅をつけたみたいだから、俺たち仲間は彼女を「紅《べに》おばさん」と呼んでいた。

「紅《べに》おばさん、みんなで一緒に食べましょう！」

樊《ファン》さんはいやいやと手を振って私を制した。俺たちが食べ終わったら、あれらも食べる。これがけじめというものだ。けじめが守られなければ、世間の笑いものになると。

「どうかね。口に合うかね？」と樊《ファン》さんが尋ねた。

このとき俺はすでに排骨肉《パイコウロウ》を数切れ食べ、数杯の酒が腹を暖めていた。気がゆるみ、口も軽くなっていた、この糊羊肉《ホーヤンロウ》はとても味がいいと誉めると、

「本当に？　よかった！」と樊《ファン》さんの奥さんは大まじめに喜んだ。

「あんたらはでっかい街からおいでなさった。あちらの糊羊肉《ホーヤンロウ》はこんな田舎料理と比べものにならないでしょうに」

よくぞ聞いてくれた。俺は樊《ファン》さん一家の人情とこのもてなしにどう返礼すればいいのかずっと思案をめぐらしていた。酒を手土産にまた来ても、二人とも飲める口じゃない。仕事の現場で彼の希望通り軽作業に回してやろうか。しかし、そんな依怙贔屓《えこひいき》をしたら、わが班十人の規律が乱れる。どうしようか。要するに、俺は樊《ファン》さんにいい顔をしたかったのだ。班長として一目置かれたかったのだ。そうだ。俺は口が肥えている。食べて、見て、聞いて、いろいろ知っている。

これを話そう。俺の気持ちとして受け取ってもらおう。

俺は樊《ファン》さんに話した。北京の羊肉は炮《パオ》（強火の油鍋で炒め焼き）、烤《カオ》（直火焼き）、涮《シュワン》（しゃぶしゃぶ）などの調理法があるが、ただ一つ、糊羊肉《ホーヤンロウ》などという醤油煮は見たことも聞いたこともないと決めつけておいて、本題に入った。

しゃぶしゃぶを一番うまく食べさせる店は何と言っても東来順《トンライシュン》だ。張家口《チャンジアコウ》の北、内蒙古に牧場を持って自家用の羊を飼っている。冬が来ると、脂がのってよく肥えた羊が群れをなして北京へと追われていく。北京の入口、居庸関《ジュヨンコアン》を過ぎると、もう一滴の水も飲ませない。関内（長城の南）の水を飲ませると、肉が生臭くなるからだ。羊は屠殺《つぶ》すと、その場で切り分けられる。骨は使わない。肉は脂身の多い腰窩《ヤオウオ》（胸肉）にとどめを刺すが、異なった部位を盛り合わせる。後ろ足の臀尖肉《トウンジエンロウ》は脂身と赤みが半々で柔らかい。切り出した肉は鮮紅色となって皿を飾る。忘れてならないのは上脳《シャンナオ》（首寄りの肩ロース）だ。赤身に脂がほどよくのって、肉質はいうことなし……。

「見たのかね？」と樊《ファン》さんは尋ねた。

「見たのかね、もないものです。食い道楽のおじいさんが生きていたころ、いつも連れられて北京中、食べ歩きをしていました。幼かった俺は食べるのにすぐ飽きて、表へ飛び出しては包丁人が肉を切るのをじっと見ていました。包丁はすぐ脂身がべっとりして切れなくなりますから、外には研ぎ専門の職人が待ち構えて、取り替えの包丁を必死こいて研ぎ続けていました」

「肉を切る長さは？」

「大体、七寸（二十四センチ）の皿と同じ長さでした。薄切りの肉が一切れ一切れ花びらのように盛りつけられ、脂の白い縁が道路の白線のように真っ直ぐつながっていました」

「肉は凍っていたのかね？」

「生のままです。肉が軟らかくて滑りやすいので、タオルを当てて切っていました」

樊《ファン》さんは食べるのをやめ、巻きたばこの「大炮《ダアパオ》」をぷかぷかふかし始めた。

「そんな薄っぺらなのを、どうやって食べるのかね？　鍋に入れたら、溶けてなくなっちまうだろう」

肉を煮すぎちゃだめですよ。一、二回、ちゃぷちゃぷと湯にくぐらせて、色が変わったときが食べどきなのだと俺は説明した。だが、彼は納得しなかった。

「鍋の大きさは？」

専用の火鍋《フォグオ》があって、中に太く長めの煙突が立っている。鍋の下で炭火がかっかと燃え続け、煙突の周りは湯がたぎっている。彼はうなずきながら言った。

「煙突とは考えたもんだ。そいつがないと、しゃぶしゃぶはできんな」

俺はたれのことを説明し、やはり東来順《トンライシュン》が一番だと言った。店の裏で自家用の醤《ジアン》（みそ）を仕込んでいるから、十数種のたれを選ぶことができるのだ。

樊《ファン》さんが言った。

「どんなたれでもいいが、青醤《チンジアン》だけは欠かせないな」

この地方では醤油のことを青醤《チンジアン》と言う。だから糊羊肉《ホーヤンロウ》は濃い醤油味だったのだ。

「しゃぶしゃぶは青醤みたいに濃い味ではなく、生抽《ションチュウ》といって薄口の醤油を使うんです。芝麻醤《ジーマジアン》（ゴマみそ）、韮菜花《ジョウツァイホア》（ニラの花）、醤豆腐《ジアンドウフ》（発酵させた豆腐、腐乳《フウルウ》とも）、蝦油《シアヨウ》（エビからとった油）、料酒《リアチョウ》（料理用の酒）、香油《シアンヨウ》（ゴマ油）、辣椒油《ラージアンヨウ》（トウガラシ油）いろいろです。食べるときは合いの手に、香菜《シアンツァイ》、葱沫《ツォンモウ》（きざみネギ）、糖蒜《タンスアン》（ニンニクの蜜漬け）、そして何と言っても、なくちゃならないのは芝麻焼餅《チーマシャオビン》（ゴマ焼餅）です。北京人はこれが大好きで、二つに割って中の芯を取りだし、肉を挟んで食べるんです」

俺は調子に乗ってさらにつけ加えた。

「たれは鍋のお湯に入れちゃいけないんです。自分のお碗に入れて具をつけて食べるんです。鍋のだし汁には海米《ハイミイ》（干したむきエビ）、口蘑《コウモウ》（蒙古シメジ）なんかが入っていて、しっかりうまみを出しています。肉に熱が通ったら、さっとたれのお椀に移すんです。緑豆雑麺《リュイドウザーミエン》（リョクズで作ったソウメン状のもの）なんか、もうこたえられませんね」

樊《ファン》さんは黙ってしまった。そして奥さんをにらみつけて言った。

「お前はたれを鍋の中に入れちまった。この馬鹿たれが」

奥さんの顔は赤い上に赤みを増し、子どもを抱いて、土間の奥に引っ込んでしまった。樊《ファン》さんは俺に酒をつぎながら言った。

「班長、申しわけない。勘弁してくれ。だから田舎者は困るんだ。お口に合うまいが、ここは一つ我慢して、いっときの腹ふさぎと思って食べて下さいよ」

樊《ファン》さんは俺を班長と呼んでくれた。俺はすっかり気をよくしてしゃべり続けた。

「樊《ファン》さん、今度北京に来たら、東来順《トンライシュン》にご招待しますよ。羊のしゃぶしゃぶをおごらせて下さい。奥さんも、お子さんも、みんなして来て下さいよ」ってね。

しかし、俺は話しながら、次第にやましい気持ちが募ってきた。羊の肉にただでありつきながら、この大口をたたく俺は一体、何者だ。当の自分が北京に帰れないでいるのに、樊《ファン》さんの一家はいつ、どうやって北京に来られるというんだ？　このお調子者め。冗談も休み休み言え。

樊《ファン》さんはうなだれて繰り返した。

「いや、とんでもない、とんでもないこった！」

当時、ここから北京までの汽車賃は一人二十元以上した。並みの人間が払える額ではない。たとえ金があったとしても、北京行きの切符を買うには許可と証明書が必要だったのだ。

関《コアン》君は少年時代の思い出を語りながら泣きじゃくった。確かにこの一件は誉められた話ではない。彼のおしゃべりな口がいつもながら勝手にしゃべったのだ。

私は尋ねた。

「このために君は東北へ行ったのか？」

関《コアン》君はうなずき、S農場について話し始めた。農場本部の事務所は見当たらなくなっていた。アスファルトの道が通り、サウナバスが建ち、マッサージ嬢までいた。牛羊泡《ニウヤンパオ》（牛や羊、家畜の水飲み場）へ行くときは、トラクターに乗って行くものと決まっていたが、道で尋ねた人に笑われてしまった。そんなときはタクシーに乗るという。タクシー？　確かに、道路には客待ちのタクシーや闇営業の自家用車が列をなしていた。原野や湿地の足場の悪いところへ行くときは、「長城」印のジープがお出ましだ。

その日、北大荒《ベイダーホアン》に三度目の雪が降ったが、ジープの車台が高かったので、難なく走ることができた。三十キロほど走ると、あたりが暗くなってきた。目的地までもう遠くないはずだが、樊《ファン》さん一家が住んでいた「家族宿舎」はまだ見えてこない。運転手に尋ねると、最近になって耕作地を放棄する決定がなされ、建物は旧連隊に移されたということだった。彼や私が開墾に汗を流したこの一帯は、もうすぐ元の原野、元の湿地に戻るのだ。

突然、三間《ま》の家構えが見えた。道端に粗末なわらぶき屋根の食堂がぽつんと取り残されたように建っている。看板には唐時代の書家、顔真卿《がんしんけい》の書体で「北京風味涮《しゃぶ》肉《しゃぶ》」と書いてあった。

「止めてくれ！」

運転手が笑った。

「やめた方がいいなあ。こんな店、誰も来ないよ。このあたりで食べるのは、糊肉《フーロウ》に決まってる。北京風味だか何だか知らないが、あんなゴミみたいなもの、食えたもんじゃない」

関《コアン》君は耳を貸さず、勝手に車を降りた。運転手は声を張り上げた。

「ここで待ちますか？」

「いや、明日迎えに来てくれ」

運転手はそっぽを向いて走り去った。車代を払えとか言い出さないところが、いかにも東北人らしいきっぱりしたところだ。もっとも、ここはどこへ行こうと逃げられっこない。明日まとめて清算すればいいのだろう。

このたった三間しかない粗末な家。一間は厨房、一間は寝室、一間は食堂だ。関《コアン》君は身体の雪を払い落とすと、意を決して中へ入った。ストーブに近い席に腰をおろし、あたりを見回す。床は掃いてある。七、八卓のテーブルはみんなほこりをかぶっているから、客足がしばらく途絶えているのだろう。彼は大声で叫んだ。

「ご免下さい」

すぐ応答があり、店主の老婦人が寝室から出て来た。がっしりと骨太な体格をしているが、髪はすでに白く、土気色の顔をしている。前歯は全部抜け落ちていた。

「北京からおいでなさったのかね？」

「うん、そうだけど」

「ここは北京の人が来るところじゃないよ」

「おかみさん、お達者で何より。お歳のほどは？」

「いくつに見えるかね？」

関《コアン》君は慎重に探りを入れた。

「七十五、六といったところですか？」

「墓場から化けて出たと言いたいんだろう。そりゃ、歯なしのしわくちゃばあさんだからね。これでも御年とって六十二歳だよ」

彼は顔が赤らむのを感じた。

「ご主人は？」

「奥の間の壁に掛かっているよ」

彼はきまりの悪い思いを隠せなかった。何という日だ。何を話しても、食い違ってばかり、まるで話にならない。

「いつお亡くなりになったんですか？」

女主人は答えた。

「まだ一年にならないよ。胃に穴が開いちまってね。こんなところに引っ込んじまうと、どこへ行くにも出るに出られず、本部に連れて行ったときには、もう手遅れだとさ」

「ご主人のお名前は？」

「樊《ファン》だよ。樊梨花《ファンリイホア》の樊《ファン》」

彼の心臓がどくんと脈打った。

「お写真を拝見してもよろしいですか？」

「ろくな顔してないよ。若いころから病弱で、ひょろひょろしていたからね。ここまで生きるのがやっとだった」

彼は奥の間に入った。山墻《シャンチアン》（家屋の両側の屋根より高くのびた壁）に、ここの主の若いときの写真が掛かっていた。頭を毛沢東のように真ん中で分け、五つボタンの中山服（人民服）を着ている。あの時代、写真を撮るときは一般大衆から党の幹部までみなこのスタイルだった。

壁の写真は関《コアン》君にとって忘れられない顔だ。まさしく樊《ファン》さんだった。

「すると、あなたは紅《べに》おばさんですか？」

「あんたは？」

「ぼくです。関《コアン》です。あのとき、子どもだった関《コアン》です」

目を見開き、呆気にとられた紅おばさんだったが、発した言葉は、

「何とまあ、おらより老けちまってよ！」

おばさんは言葉を継いだ。

「よし、こうときたら、待ってなよ！」

関《コアン》君の胸は切なくて張り裂けそうになった。涙がこぼれそうになるのを懸命にこらえた。長い道のりをこうしてやって来たのは、何よりも樊《ファン》さんに会うためだ。腹を減らした若者にただでたらふく食べさせてくれた礼を言い、そして、せっかくのご馳走に水を差した若気のおしゃべりを詫びるためだ。しかし、その樊《ファン》さんはもういない。だから、言わないことではないと、関《コアン》君は自分を叱った。人情の借りはすぐに返さなければならない。遅れてはならないのだ。

ばんと音たてて、紅おばさんの肉切り包丁がテーブルを叩いた。

「ずっとあんたを待っていたんだよ！　この包丁を毎日毎日研いでいたのも、この日のためさ！」

長さ一尺、幅二寸の包丁が、ぎらりと冷たい光を放った。

もしや。関《コアン》君の背筋にも冷たいものが走った。確かにあのとき受けた人情は天より高く、海より深い。しかし、いくら何でも命で償わされる道理はなかろう。

このさびれ果てた村で人を殺しても、誰に気づかれることはない。ただ一人彼を知るのはあの

運転手だ。彼は聞き耳を立てた。道路にジープのエンジン音はもうなかった。ここまで送ってくれたというのに、追い払ってしまったのだ。こうなると分かっていれば、帰すのではなかった。ああ、何ということだ。あのとき、自分はあまりにも若すぎた。人をさんざん傷つけておいて、まるで気づかずに生きてきた。

「今、火を起こすからね。包丁もしっかり研がなくちゃ」と紅おばさんは厨房に入っていった。逃げ出そう。だが、出口まで来て、また引き返した。コーカサスの牧羊犬が入口の雪の地面に大きな図体を腹ばわせ、疑わしそうな目でこちらを見ていたのだ。この犬はチベットの猟犬よりはるかに猛々しい。

関《コアン》君は震える手で巻きたばこを巻き、懸命に平静を保とうとした。そうだ。携帯電話に遺書を書こう。急いで携帯を取り出したが、昨夜充電するのを忘れていた。

紅おばさんは火鍋を捧げ持ってきた。それを見て、彼は目をむいた。

東来順《トンライシュン》式の紫銅掛錫《ズウトンコアシー》(純度の高い銅の錫《すず》メッキ)の火鍋が出てきたのだ。胴が太く、腰がくびれている。火の回りがよくて湯の沸騰が早い上に、冷めにくいすぐれものだ。また、紫銅掛錫《ズウトンコアシー》はサビが出ないことでも珍重されていた。言うまでもなく、この逸品は北京の天橋《ティエンチャオ》にある銅製品専門店の、ある高名な匠《たくみ》の手になるものだ。それにしても、彼女はどこからこの品を手に入れたのだろう?

紅おばさんはこの鍋をテーブルの大きな湯沸かしにのせて言った。

「湯沸かしに水をさしとくれ。鍋にも水を足すんだよ。炭を仕込んであるから、そこの団扇《うちわ》でばたばたやっときな。おらはちょっくら羊を屠殺《つぶ》してくる」

さっき肝をつぶした関《コアン》君に、今度は感動が襲った。涙が止まらなくなった。

「おばさん、食べるのはあり合わせの何でもよかったんだ。こんなお手間をかけて……」

紅おばさんは答える代わりに、むき身の匕首《あいくち》をつかんで家の裏に飛び出して行ったかと思うと、羊の悲鳴が聞こえた。コーカサス犬は家の裏へ目をやり、鼻をぴくぴく動かした。よほど主人の後を追いたかったのだろうが、店の中の関《コアン》君に視線を戻し、じっと動かなくなった。この招かれざる客の番をしようと決めたのだろう。

およそたばこ一本を灰にする時間で、紅おばさんは子羊の死体をぶら下げて入ってきた。子羊の首には匕首を引き回した血糊がこびりついていた。

厨房に入った紅おばさんは言った。

「こいつは部屋の中でやっつけなくちゃいけないんだ。外へ置くと凍《しば》れちまうからね。あんたは言わなかったかい？　屠殺《つぶ》した羊は凍らせちゃいけない。凍らせた肉に包丁を入れるのは素人だってね。だから私たちは今もあんたの言いつけを守って、何頭か羊を飼っているのさ」

関《コアン》君は火鍋の火を熾《おこ》し、水を足してから厨房に入って、またあっと驚いた。長方形の肉切りの作業台はぴかぴかで、ホコリ一つ、シミ一つついていなかった。その上に上等なシナノキの丸材を輪切りにしたまな板が二つ載っていた。壁を埋めて、さまざまな包丁、用具類が整然と並べられ、最も驚いたのは、イタリア製の肉切り機まで備えられていたことだった。

紅おばさんは手際よく羊の解体にとりかかった。まず肩ロースを切り出し、次に後ろ足を外した。作業台に運ぶと、包丁をちょいちょいと走らせて皮と筋とを切り分け、柔らかい肉塊を取り出した。

紅おばさんは思い詰めたように言った。

「あんたを待っていたのはほかでもない。包丁の使い方を教わりたいからさ。あんたが言っていたあの薄切りのことだよ。おらたちはどうやっても手に負えない、お手上げだ」

「タオルに当てながら切ればいいんですよ」と関《コアン》君は自説を曲げなかった。

紅おばさんは真っ白な羊毛のタオルを腿肉《ももにく》に当てて切り始めた。みごとな手並みだ。とは言っても、関《コアン》君がかつて語った職人たちの手際にはほど遠い。皿に盛りつけてみると、現在の北京の店に比べて遜色はないが、往時の東来順《トンライシュン》の水準には及ぶべくもない。だが、関《コアン》君がここでまた得意の長広舌を振るい始めたら、あのときの二の舞いになる。彼は自分の悪い癖をかろうじて抑え込んだ。

鍋が煮立った。紅おばさんは冷蔵庫からたれを取り出した。市販されている北京の有名ブランドのものだった。どれも菲菜花《ジョウツァイホア》（ニラの花）まがい、醬豆腐《ジアンドウフ》（発酵させた豆腐）まがい、芝麻醬《チーマジアン》（ゴマみそ）まがいのものが一緒くたに入っている。あのころ、こんな珍妙なものは発明されていなかった。確かにたれの調合は面倒なことだから、重宝されるのも無理はない。

北大荒《ベイダーホアン》の地酒が開けられた。あのなつかしい独特の麦の香りが漂った。

紅おばさんが尋ねた。

「どうだい。足りないものはあるかね？」

関《コアン》君は冗談ぽく言った。

「香菜《シアンツァイ》」

紅おばさんはびくっとした。

「だめだねえ。どうしよう」

関《コアン》君は丁寧に話した。

「香菜《シアンツァイ》の別名は『鼻つまみ（忌諱《ジイホイ》）』というんです。好き嫌いがありますからね。北京ではまずお客に聞くんです。鼻つまみはお入りようですかって」

紅おばさんは首を振ってため息をついた。

関《コアン》君は尋ねた。

「この店、儲かってますか？」

「聞かないでおくれよ。見た通りさ。開店したときは、結構はやったんだがね、だんだん客足が遠くなって、しまいには誰も来なくなった。言うにこと欠いて、腹もちが悪いだの、いくら食べても食べた気がしないだの、口に入れると溶けてなくなるだの、歯ごたえがないだの、とどのつまりは、ああ、やっぱり糊羊肉《ホーヤンロウ》に限る、とこうだからね。さんざん言われて、やっと気がついた。あのときおらが出した料理、たれを鍋に入れて馬鹿たれとどやされた料理だよ。あれは紅燜羊肉《ホンメンヤンロウ》（羊の醤油煮込み）だったんだ」

関《コアン》君は、はっと胸を突かれた。そうだったのか。あれはれっきとした紅燜羊肉《ホンメンヤンロウ》だったんだ。何が田舎料理なもんか。ああやって作るのが正しかったんだ。あのとき、俺は何とも知らずで、でかい口をたたいてしまったことか。彼はすっかり落ち込んでしまった。

関《コアン》君はまた尋ねた。

「この店を開くのに、資金はどのくらいかかったんですか？」

「そんなこと、聞くものではない。実は、おらたちに少しばかりの退職金が入ったけれど、開店資金にはまるで足りなかった。あとは娘に全部おんぶしたのさ」

関《コアン》君はあのときの少女を思い出した。ボタンの絵を描いた洗面器に盛った羊料理に目が釘づけになっていたあの女の子だ。

「今、どちらに住んでいるんですか？」

「もう四十《しじゅう》になるけれど、二十年前に東莞《ドンコアン》（広東省珠江デルタの町）に行って、今は三亜《サンヤー》（海南省の町）にいる。若い娘たちを集めて、何か商売をおっぱじめたそうだ。随分金回りがいいらしい。食い物屋を始めたいと言ってやったら、いきなり何十万元を送ってきたから、驚いたの何のって」

関《コアン》君はどきっとした。南方にはその手の曖昧な商売があるらしい。彼は苦笑するしかなかった。

「そうですか。僕はあの辺へ行ったことがあります」

紅おばさんは言った。

「おらたちも娘の顔を見に行こうとしたんだが、来るなとぬかす。世のため人のため、度胸と愛嬌の世渡りだとさ。金持ちから巻きあげて貧乏人で分けるのが仕事なんだと。危ない目にも会うが、あの島の女たちはみんな肝っ玉が太いから大丈夫なんだと。何せ、あんた、『紅色娘子軍《ホンスーニアンズチュン》』（海南島の解放を背景に貧農の娘の革命への目覚めを描いたドラマ。文革中、八つの革命模範劇の一つに数えられた。映画の邦題は『赤軍女性第二中隊長』、バレエの邦題は『赤軍女性中隊』）の地元だからね。娘っ子が大活躍だ」

関《コアン》君はまたも苦笑するしかなかった。

紅おばさんは言葉を継いだ。

「おらたちが北京に行って、いろいろ見て回れたのも、娘が金を送ってくれたおかげだよ」

関《コアン》君はきょとんとした。

「北京へ行ったんですか？」

「行かないでさあ！　実地に見なきゃ、こんな品物を店に置けないだろう」

樊《ファン》さん夫婦は北京に出て、まず東来順《トンライシュン》へ行きしゃぶしゃぶを食べた。ついでに頼み込んで厨房に入り、肉を手で切るのと機械を用いるやり方の両方を見せてもらった。それから天橋《ティエンチャオ》の一流店で火鍋と調味料をあれこれ買い込み、家に帰ると早速、肉を切る練習を始めた。

紅おばさんは言った。

「肉を手で切るのはね、どうやっても機械にかなわない。それでこの機械を買ったというわけさ。三万元以上取られたよ。だけど、機械で切るときは、必ず肉を冷凍しなくちゃならない」

「北京へ来て、どうして声をかけてくれなかったんですか？」

「あのころは、あんたたちも北京でぴーぴーして、ろくなところに住んでいなかっただろう。迷惑をかけちゃ悪いからね。それに、あんたの言ったしゃぶしゃぶとかいうものは、もしかしてあんたのおしゃべりついでのほらだったかもしれない。そしたら、あんたも引っ込みがつかないだろう。そう思ったのさ」

火鍋がぐらぐら沸騰した。関《コアン》君は次第に冷静を取りもどしてきた。一口酒をすすり、思い切って言った。

「おばさん、あのとき、僕は本当にものが分かっていなかった。あの料理が紅燜羊肉《ホンメンヤンロウ》だったなんてことも知らずに、偉そうに知ったかぶりを言ってしまった。これがずっとひっかかって悩んでいたんです。もう一度樊《ファン》さんと紅おばさんに会うしかない。行くなら今だ。今行かなきゃ、二度と会えなくなる。そう思って飛んできたんです」

紅おばさんは言った。

「やっぱり、うちの爺さんは、人を見る目があったんだ。こんな店、早くたたんじまえ。いくら言われたことか。だが、爺さんは頑として聞かなかった。爺さんの口癖は、北京の人がしゃぶしゃぶを喜ぶのは、喜ぶわけがある。それが分かればなあ。それが分かるまで、この店は閉めちゃならねえ。あの若いのが戻って来るまで待とう……耳にたこができるほど聞かされたが、まさか本当に来るとは思わなかったよ……」

関《コアン》君は泣いた。

「おばさん、ご免。本当に申しわけなかった！」

紅おばさんは一滴の涙も流さずに言った。

「あんたがいなければ、私たちは北京へ行くこともなく、しゃぶしゃぶというものがこの世にあることも知らずに死ぬところだった。爺さんもあたしも、あんたのおかげで目が開《あ》いたということさ。だけど、一つだけ教えておくれよ。包丁の名人が切った肉は紙みたいに薄いと、あんたは言ったけれど、本当なのかい？　凍らせてから切っちゃいけないのかい？」

関《コアン》君は小さいころ東来順《トンライシュン》の肉切り台にへばりつくようにして見た情景を思い出そうとしながら、歯抜けになり、白髪になった紅おばさんの顔を見た。そして声を絞り出すようにしていった。

「あれは、ふざけて言ったというか、口から出任せです。あの肉は紙みたいに薄くはなかった！本当にご免なさい！」

「あれまあ、悪い子だねえ。爺さんは苦心惨憺、昼も夜も思案に暮れて、とうとう佳木斯《チャムス》（黒竜江省の東、松花江下流沿岸）の料理人に来てもらって話を聞いたよ。そんな芸当は、どんな名人だってできるものか。機械があるんだから、わざわざ人手をかけることはないと笑われたよ。今、機械で切ったのを出すから、とっくと味見しておくれ。どっちがうまいか言っておくれよ」

関《コアン》君の答えを待たず、紅おばさんは厨房に入った。冷蔵庫から機械で切った子羊の肉一皿を取り出してきて、無造作に鍋に入れた。樊《ファン》さんがこれを見たら、待てとすぐ止め、肉が煙突に貼りついてしまうと叱るに違いない。案の定、じゅっという音がして肉が二切れ貼りつき、青い煙が立ちのぼった。何十里の外から狼を呼び寄せるような羊の脂の匂いが鼻を打った。外にいるコーカサスの牧羊犬が身を震わせているだろう。

関《コアン》君は出かかった言葉をあわてて呑みこんだ。また、しゃべり過ぎたら、同じ過ちを繰り返すことになる。火は盛んに熾《おこ》っている。鮮紅色の肉は、煮えたぎる湯の中で身をよじり、白くなっている。関《コアン》君は素速く二切れをはさみ取りはさみ取り、たれにつけて口に入れた。紅おばさんは彼の答えを待って身構えている。

「本当だ。手で切ったよりも薄い」

紅おばさんは満足そうに笑い、あわてて前歯のなくなった口もとを手で隠した。

「爺さんがあっちの部屋で待ってるよ。あんたの口から聞かせておやり。爺さんもやっと楽になるだろうよ。それでこの話はお終いだ。私も安心して爺さんのところへ行けるよ」

関《コアン》君は「はい」と答え、奥の間に入った。壁の遺影に合掌し、積もる思いを心の中でうち明けた。

爆竹の音が関《コアン》君と私を現実に引き戻した。彼の長い話を聞いて、どう慰めたものか戸惑っていた。彼は眉根をきつく寄せたまま、沈みこんでいる。思い詰めて神経が参ったか、それとも風邪をひいたのか。

彼は私に尋ねた。

「なあ、あれはあったのか、なかったのか?」

「あれって?」

「名人が切った紙みたいに薄い肉は、結局あったのか、なかったのか？　俺は見たのか見なかったのか？」

今さら何を言い出すやら。まるでつかみどころがない。しばらく言葉に詰まった。

「答えろってか？」

「答えてくれよ。幼なじみだろう」

窓の外は、バーの看板が派手なネオンを浮かび上がらせていた。

「まずは食おう。家に帰ってからゆっくり考える。考えついたらすぐ電話するよ」

「考えることない。俺はどうなっちゃってんだ？　言ってくれよ」

やはり答えようがない。彼が大真面目だということがわかって、また酒を飲んだが、答えは見つからない。酒がまずくなった。

何時まで彼と一緒にいたのか、へべれけになって帰宅し、そのままベッドに倒れこんだ。夜中に突然電話が鳴った。関《コアン》君の奥さんから、とがめる口調だった。

「あの人が急に熱を出して、今病院に。また無理に飲ませたんでしょう」

「どうしたんです？　大丈夫ですか？」

「今、点滴しているところです」

私は受話器を置いて病院へ駆けつけた。

関《コアン》君は急診室のベッドに横たわったまま昏睡していた。

私は奥さんに平謝りに謝り、これまでのいきさつを話した。関《コアン》君は北大荒《ベイダーホアン》へいきなり行くと言い出し、私も誘われたけれど一人で行ってもらった。帰った彼を誘って慰労会を開いたが、話すほどに酔っ払って二人して飲みつぶれた……。

関《コアン》君の奥さんは怪訝そうに尋ねた。

「北大荒《ベイダーホアン》へ行ったって、いつ行ったんですか?」

「帰ってきたばかりじゃないんですか。出かけたのは十日ほど前でしたよね。ご存じじゃなかったんですか?」

関《コアン》君の奥さんは言った。

「何寝ぼけたことを言ってるんです? この人はここ何日もずっと家にいましたよ。ボロ外套にくるまって、憑きものが憑いたみたいに、ぶつぶつわけの分からないことを口走って……。しっかりして下さいよ。あなたまで悪酔いして」

まさか。関《コアン》君は北大荒《ベイダーホアン》に行っていない? 私は昨夜のやりとりをはっきりと覚えている。酒の席とはいえ、彼の言ったことは筋道が通り、真に迫っていた……と思う私は、酔っ払って正体をなくしていたのか? しかし、私が聞き間違えるはずはない。私はもう一度尋ねた。

「それで、僕がお貸ししたあの外套は？」

関《コアン》君の奥さんはベッドに向かって口を尖らせた。私が視線を移すと、あの外套は関《コアン》君の腹を覆っていた。

関《コアン》君は夜明け近くなってようやく意識がはっきりした。私を一目見るなり、

「お前はまだ答えていない。あれはあったのかなかったのか？」

何があったのかなかったのか、私はもう思い出すことさえできなかった。

関《コアン》君は言った。

「小さかったとき、俺たちは東来順《トンライシュン》の裏手で羊の生肉を切るのを見た。肉は凍らせていなかったけれど、手で切った肉は紙のように薄かった。あのできごとはあったのか、なかったのか？俺たちは見たのか見なかったのか？」

「お前は見たのか？」

「見たと言えるんだったら、お前に聞いたりしない。もしかして、見間違えたのか？なあ、言ってくれよ。二人して見間違うことはないよな」

関《コアン》君の奥さんは疲れ切って、ベッドに頭をもたせかけて眠っていた。

私は何かに命じられたみたいに口を開いた。

「ときにはそう見えることもあるし、ときにはそう見えないこともある」

関《コアン》君はうなずいて、また眠りに落ちた。

関《コアン》君に付き添いながら、私はまじまじと彼の顔を見た。

ベッドの脇にレンタルのラジカセが置いてあった。ニュースの時間になり、アナウンサーの声が私の酔いを覚ました。

「黒竜江省のS県の沼沢地にある涮肉館《ショワンロウコアン》（しゃぶしゃぶ店）で火災が発生、一棟が全焼しました。焼け跡から一人の女性の焼死体が発見され、警察が身元を調査中です。この店の周りには人家がなく、また、防火帯がめぐらされていたために、火が周囲の樹木に及ぶことはありませんでした。現場には獰猛で知られるコーカサスの牧羊犬が一匹、消防関係者に向かって激しく吼え、牙をむいているということです。焼け跡を守ろうとしているのでしょうか？」

# 心の薬

（原題・心薬）

携帯電話はまだこの世になく、ポケベルが出るまでにさらに数年を要した時代の物語だ。小雪《シャオシュエ》に言い寄り、群がっていた男たちは突然、潮が引いたみたいにいなくなった。彼女は一人取り残され、病院の神経外科の病室に静かに横たわる身の上となった。交通事故がいきなり彼女を襲い、気がついたとき、彼女のすらりと伸びた足はすでに動かなくなっていた。医者は脊髄神経の損傷による下半身不随症と診断した。不幸中の幸いだが、足以外に大した傷はなく、彼女の美貌と体型は少しも損なわれていない。擦過傷も痕を残さず、きれいになった。

入院した日、生花が病室を埋め尽くした。彼女の求愛者、崇拝者たちが競った数だが、一週間後、花はみんな枯れしぼみ、訪れる者の姿はもうなかった。彼女の病名もみんなの知るところとなり、脊髄の神経がやられてしまっては、もはや再起の見込みはないと噂し合った。

小雪《シャオシュエ》は密かに睡眠薬を集め始めた。人の厄介になって生きようなど、これっぽっちも思わない。

このときに、「棒槌《バンチュイ》（洗濯の叩き棒）」が病室にやってきた。

棒槌《バンチュイ》というのは、主に「単細胞」とか「蛍光灯」とかいった意味で用いられ、「馬鹿、間抜け、とんま」とくそみそにこきおろす言葉でもある。彼も小雪《シャオシュエ》の崇拝者の一人だったが、二日前から出張に出されて彼女の入院に間に合わず、あわてて駆けつけてきたのだった。彼はすでに小雪《シャオシュエ》を診《み》た医師の大衛《ダーウェイ》に会い、彼女の病状とその見通しについて聞かされていた。

小雪《シャオシュエ》は彼を見るなり眉根に皺を寄せ、言ったのはたった一言、

「遅い」

「え？　遅いって？」と棒槌《バンチュイ》が尋ねた。

小雪《シャオシュエ》はもう何も言わず、顔をそむけた。

棒槌《バンチュイ》は一時間ほどそこにねばっていたが、看護師の小米《シャオミー》が彼を追い出しにかかった。彼は小雪《シャオシュエ》の耳元に口を止せて尋ねた。

「明日また来る。何か欲しいものは？」

小雪《シャオシュエ》は彼の顔を見ずに答えた。

「睡眠薬」

「勝手に持ちこんでいいのか？」と、彼は真面目に尋ねた。

「棒槌《バンチュイ》！」と小雪《シャオシュエ》は一喝し、

「分かった」と棒槌《バンチュイ》は従った。

病院を出て、彼は小雪《シャオシュエ》に怒鳴られたことを思い返し、親しさゆえの遠慮のなさ、あるいは甘えかも知れないと思った。自分が「棒槌《バンチュイ》」のあだ名で呼ばれ、その場の笑いものにされ、生贄《いけにえ》にされるのは、もはや抗しようのないことだった。しかし、これまで彼が被《こうむ》ってきた数々の誤解について、いつか真相をはっきりさせ、彼自身の真意を分かってもらわなければならないと考

えている。

数多《あまた》いる小雪《シャオシュエ》の取り巻きの中で、棒槌《バンチュイ》は最も冷遇され、相手にもされないでいた。彼がいくらコーヒーや散歩に誘っても、映画や食事のちょっとした声かけにも応じたことは一度もなかった。ほかの男たちには多かれ少なかれ、それなりの相手をしていたが、しかし、彼女の心をつかんだ男は一人もいなかった。彼女の周囲にそれだけの男がいなかったことも確かだが、彼女はまだ若く、そして高慢だった。

小雪《シャオシュエ》と棒槌《バンチュイ》は同じ工場で働いていた。彼女は倉庫の管理係で、棒槌《バンチュイ》は旋盤工だった。切削《せっさく》の刃《は》やサンドペーパーなどを彼女から出してもらい、道具を切らさないように彼女とかけ合うのが彼の楽しみだった。彼は毎回、少なめに受け取ることにしていた。こうすれば、足繁く倉庫に通えるからだ。

彼女の背丈はダンサーになるにはやや高すぎ、バスケットボールの選手になるにはやや足りなかった。今ならファッション・モデルが一番のお似合いというところだが、当時はファッションという観念自体がそもそもなかったし、ましてモデルなるものにおいてをや……。

一羽の鶴が油臭い町工場に降り立ち、アヒルの群れを見下《おろ》しているさまは、人目は引くものの、やはり取り合わせの妙に欠けるというべきだ。彼女はいつも群がる男たちに女王然とふるまっていた。電気工は一日に何度も倉庫の配線を点検に来ただけでなく、わざと配電盤のブレーカーを落とし、取り換える必要のないヒューズの交換までしていたが、小雪《シャオシュエ》はそれに口を挟むことなく、彼らのやりたいようにやらせている。

食堂のコック小蔡《シャオツァイ》は腕によりをかけたアイスクリームや緑豆《りょくとう》のスープを真っ先に小雪《シャオシュエ》の倉庫へ届けに来た。どの現場の男たちも、果ては妻子持ちの男までが倉庫にいそいそとやって来た。

その当時、「粉糸《フェンスー》」という言い方はまだなかった。これは日本の食品にもある春雨のことで、「私はあなたの春雨です」と言っても何のことか分からないが、現代は「私はあなたのファン、熱烈な信奉者です」という意味で用いられるようになった。粉糸《フェンスー》とファンは発音が似ているし、「糸」のからむとこに実感がある。男たちが粉糸《フェンスー》のはしりなら、小雪《シャオシュエ》はアイドルのはしりといえるかもしれない。休憩時間や昼食時、男たちは彼女の一挙手一投足の話題でいつも熱く盛り上がっていた。

しばらく経って、小雪《シャオシュエ》は突然大学を受験して合格した。山ほどいた粉糸《フェンスー》たちは突然、崇拝の対象を失った。みんなは我とわが身の至らなさを深く恥じ、二度と小雪《シャオシュエ》に言い寄ろうとする者はいなくなった。

この中にあって、一人棒槌《バンチュイ》だけは依然として小雪《シャオシュエ》に手紙を書き続けることをやめなかった。その内容はいつも大学の勉強のこととかで、恋文とは似ても似つかないものだった。しかし、彼女は一度も彼に返事を書いたことはない。

大学を卒業した小雪《シャオシュエ》は雑誌社に入って編集者になった。彼女を取り巻く顔ぶれは一新した。表情は工場にいたときより晴れやかになり、人と自然に話しもすれば、笑いもする。しかし、彼女が何を思い、何を考えているのか、その表情からは誰も推しはかることができず、彼女に好きな相手がいるのかも謎だった。

小雪《シャオシュエ》の身長は一《メー》七十八《セン》あった。ハイヒールをはくと一《メー》八十八《セン》にもなる。しかし、棒槌《バンチュイ》は一《メー》七十四《セン》しかなかった。決して小柄ではないが、彼女と並ぶと見栄えしない。

彼は小雪《シャオシュエ》の家の引っ越しを手伝ったことがある。当時は引っ越しの会社などなかったから、このような力仕事はいつも友だち同士が助け合ってやるのが当たり前だった。棒槌《バンチュイ》はこんな仕事が苦にならず、喜んでやった。小雪《シャオシュエ》の母親は棒槌《バンチュイ》がすっかり気に入った。こんな実直で頼りがいのある男はいないと言い、小雪《シャオシュエ》に意見した。

お前は背の低い男はいやだと言うけれど、背が高ければいいというものではない。男は背丈で選ぶものではなく、人柄だよ。小雪《シャオシュエ》の答えはいつも同じだった。結婚なんて早過ぎる。

小雪《シャオシュエ》が病院で寝たきりになってから、その介護は母親の肩にかかった。五十を過ぎた身にはこたえる。毎日勤めに出、一日の仕事を終えたらまた満員のバスに揺られて病院へ向う。毎日の病院通いを苦労に感じたとき、棒槌《バンチュイ》が助っ人を買って出た。

小雪《シャオシュエ》から命じられた睡眠薬はその翌日、一錠持っていった。小雪《シャオシュエ》は言った。

「これっぽっち？」

「毎日来るんだから、これで大丈夫。きらすことはないよ」

「もう来なくていい」

「病院の暮らしにはいろいろやることがあるんだから、君一人じゃ無理だよ」

「余計なお世話よ。どうせ最後には最後のやり方があるんだから」

棒槌《バンチュイ》は小雪《シャオシュエ》の大好きなアヒルの塩漬けをテーブルに置いて病室を引き揚げた。


その翌日、棒槌《バンチュイ》はまた病院を見舞った。

看護師の小米《シャオミー》が棒槌《バンチュイ》を呼びに来た。医師の大衛《ダーウェイ》が彼に用があるという。

大衛《ダーウェイ》は背が高く、肩幅のがっしりした体格の持ち主で、元は整形外科の医者だった。神経外科に移動になったのは昨年のことだ。腕がいいと評判で、患者や看護師たちにちやほやされている。彼もそれを十分に意識しており、そのせいか、世間に対してちょっと斜《はす》に構え、相手を見てなめてかかることがある。どうやら彼は棒槌《バンチュイ》に好感を持っておらず、初手から高飛車に出た。

「君の目的は何なんだ？」

棒槌《バンチュイ》は何のことか分からなかった。

「別に目的はありません」

大衛《ダーウェイ》は信じられないといった風に頭を揺すっていった。

「申し上げておきますが、この病気の治癒率は万分の一もありません。ただし、方法は二つあります。一つは突発的かつ強烈な刺激で、もう一つは愛です。永遠に変わらぬ愛の力によって機能が劇的に回復する可能性があります。しかし、これがいつ功を奏するか、誰にも見通せません。何十年、いや、もっとかかるかもしれない。あなたはそれまで待つことができますか？」

棒槌《バンチュイ》は辛い思いで答えた。

「そんなこと、考えたこともありませんでした。ぼくはただ、一人でいる彼女を見て、何かしてやりたかっただけです」

大衛《ダーウェイ》はやれやれといった顔でため息をついた。

「いいでしょう。本当のことを言うと、病院は人手不足で、彼女のような人手のかかる病人にはもっと助けが必要なんです。長期の介護に加え、牽引療法、電気刺激治療、温熱療法、マッサージ療法などの物理療法、リハビリ、大小便や入浴の世話、どれをとっても並大抵の覚悟ではできませんよ。専門の看護師が何人がかりでも手に余るほどですからね。あなたが本当にそう願っているのなら、どうぞおやり下さい。ですが、お仕事の方は大丈夫ですか？」

「まず、病気休暇を取ります。それが切れたら、工場をやめ、労働保険で食いつなぎます」

大衛《ダーウェイ》はいぶかしそうに眉を吊り上げて言った。

「それで、あなたの生活は成り立つんですか？」

「文革のとき没収された家財が返還になり、賠償金も出ました。それで何とか、やりくりしようと……」

大衛《ダーウェイ》はうなずいた。

時として、小雪《シャオシュエ》は棒槌《バンチュイ》に向かって、猛烈な癇癪を起こした。人には感受性ってものがあるの。図々しく踏み込んでこないでよ。それでいいことをしているつもり？　押しつけがましいのはやめて。もう、どこかへ出ていってよ。

小雪《シャオシュエ》がこうなったら手がつけられないのを棒槌《バンチュイ》は知っている。やむなく退散することにした。

棒槌《バンチュイ》の父親は文革のとき家捜しに乗りこんできた連中に殴り殺された。母親は助かった。母親は彼を慰めて言った。

「あきらめるんだよ。どうせ人生はあっという間さ」

棒槌《バンチュイ》はこりずに、これまで通り病院へ通った。

半年後、棒槌《バンチュイ》は工場を解雇された。

病室に顔を出した棒槌《バンチュイ》に、小雪《シャオシュエ》は尋ねた。

「工場、やめさせられたの?」

棒槌《バンチュイ》は答えた。

「どうってことないさ」

小雪《シャオシュエ》は初めて自分から言い出した。

「おまるを使わせて」

棒槌《バンチュイ》は天子からのご下命の如く恐れ敬って震える手でおまるを差し出し、視線を窓の外へと泳がせると、庭に一株の蘭の花が今を盛りと咲いている。肉づきのよい純白の花びらが小雪《シャオシュエ》の肌を思わせた。

小雪《シャオシュエ》は言った。

「ちゃんとあてがった?」

棒槌《バンチュイ》ははっとして正気を取り戻し、彼女の見てはならないところへ視線を移した。彼はひたすら粗相のないよう、身を固くしておまるを捧げ持った。彼は女性のその部位をこれまで見たことがなかったから、心臓が激しく惑乱した。

この日から、小雪《シャオシュエ》の彼に対する態度が変わった。とげとげしかった語気が和やかで親しみのこもったものになった。棒槌《バンチュイ》が秘事の如くとり行う奉仕の儀式を、彼女は平然と受けていた。

ある日突然、小雪《シャオシュエ》が棒槌《バンチュイ》に尋ねた。

「鄧麗君《ドンリイチュン》（テレサ・テン）の歌が歌える？」

棒槌《バンチュイ》は答えた。

「今は歌えないけど、すぐ歌えるさ」

高速道路が交差する陸橋の下でギターの弾き歌いをする男がいた。棒槌《バンチュイ》は足を止めてしばらく歌を聴いた後、男に一元（約十三円）を払った。男は自分のレパートリーからテレサ・テンの歌をすべて棒槌《バンチュイ》に伝授した。

小雨がそぼ降る夕方、棒槌《バンチュイ》はギターを持って病院へ来た。小雪《シャオシュエ》のベッドを前にして歌い出した。

「今宵離別後《ジンシャオリイビエホウ》（今宵別れし後は）

何日君再来《ホウリイジュンツァイライ》（いつの日また会える）」

小雪《シャオシュエ》の目から涙があふれ出た。

彼女は言った。

「あんたは本当に棒槌《バンチュイ》ね。これじゃお代は払えないわ」

棒槌《バンチュイ》は答えた。

「何も要らないよ」

ある日、棒槌《バンチュイ》が病院に着く前に、医師の回診が始まった。大衛《ダーウェイ》はいつもの検診を済ませて引き揚げようとしたとき、小雪《シャオシュエ》が言った。

「すみません。おまるを手伝っていただけませんか？」

大衛《ダーウェイ》は笑いながら言った。

「自分でやってご覧。ほら、手を伸ばして、自分で持つんだ」

小雪《シャオシュエ》は頬を紅潮させて言った。

「自分でできたら、お願いするわけないでしょう」

看護師の小米《シャオミー》が見かねて手を出そうとするのを大衛《ダーウェイ》が止めた。

「自分でやらせるんだ」

小雪《シャオシュエ》が身動きならずにいるところへ、棒槌《バンチュイ》が来て、小雪《シャオシュエ》に手を貸した。大衛《ダーウェイ》は何も言わず、軽蔑しきった目でこれを見ていた。

このときから、小雪《シャオシュエ》は棒槌《バンチュイ》からおまるの任務を取り上げ、彼は大事にしていたものを失った。

蘭の花の季節がまためぐってきた。小雪《シャオシュエ》は新聞を取り出し、紙面を指さしながら言った。

「こんなことってあるかしら？」

その記事によると、雲南省とミャンマーが国境を接する奥深い山地で珍奇な植物が発見されたという。ミャンマー人は「雲南種」、雲南人は「ミャンマー種」と呼び、身体のあるツボにこの葉の灸をすると、神経の機能を回復させる効能がある。しかし、その植物は古来まれな品種で、原生林の奥深く人知れず育ち、これを識別できる者はいない。ただ、現地の少数民族の長老のみが、この薬草の秘密を知るという。

棒槌《バンチュイ》は言った。

「医者に聞いたのか？」

「大衛《ダーウェイ》が言うには、何にでも可能性はあるって。けれども、その薬草を誰が探し出せるかだって」

棒槌《バンチュイ》は言った。

「僕が行こう」

棒槌《バンチュイ》が母親に別れを告げたとき、母親はため息をついて言った。

「雲南へ行くなんて、命知らずにもほどがある。あの小雪《シャオシュエ》って娘《こ》がそんなに大事なのかい？もうすぐ六十に手が届くこの私は放っておいていいのかい？」

棒槌《バンチュイ》は言った。

「大丈夫。すぐもどるから。僕にはツキがあるんだ」

母親は言った。

「雲南でいい娘《こ》が見つかったら、何族でもいい。気立てさえよければね。嫁にもらっておいで。お前だってもう子どもじゃないんだからね」

棒槌《バンチュイ》は答えた。

「ぼくはもう他の女《ひと》に気を移すことはないよ」

棒槌《バンチュイ》は出発した。まず昆明へ行き、長距離列車に乗り換えてミャンマー国境に着き、タイ族が住む部落へやって来た。

ちょうど乾季に入って、北国育ちには南国の風光が目に鮮やかだったが、暑さには音を上げそうだった。「水かけ祭り（ほぼ四月中旬、タイ族の新年に当たる期間、互いに水をかけ合って祝福し合う祭り）」の最中とあって、彼が竹の家の下を通りかかったとき、頭からざぶりと水をかけられた。見上げると、日焼けした子どもたちが群れをなして、屈託のない笑顔を向けている。こちらも屈託なく笑い返した。このとき、目のくりっとした美少女が涼み台にやって来て、子どもたちを家の奥に追い払い、棒槌《バンチュイ》に尋ねた。

「どちらから？」

「遠くから」

「誰を探しているの」

「話すと長くなる」といったやりとりの後、娘は彼を家の中に招き入れ、土間に土を掘った囲炉裏のようなところに座らせた。

娘の名前は玉燕《ユイイエン》といった。タイ族には名前はあっても姓はなく、女はみんな玉《ユイ》の後に燕《イエン》とか何とかをつけ加える。男はみんな岩《イエン》の後にそれぞれの名をつけ加える。

玉燕《ユイイエン》は彼に「苦葉茶《クーイエチャ》」というお茶を淹れてくれた。さわやかな苦みの中に少しとろっとした甘みがあった。

棒槌《バンチュイ》は来意を説明した。玉燕《ユイイエン》の顔に感動の色が浮かんだ。あなたたち漢族の人がまさかこんな一途な思いを持つなんて信じられないと言った。

棒槌《バンチュイ》は聞き返した。漢族をそんな風に思っていたなんて、うそでしょう？

彼女は答えた。以前文革のころ、ここに上海や北京からやって来た知青《チーチン》（知識青年）たちが出身地に帰るとき、ここで産ませた子どもを連れて行くことが禁じられた。たくさんの子どもたちがとめ置かれ、離婚した夫婦も多かった。何てむごい心根の人たちだろう。タイ族の人間は、どんなときだってこんな無情のふるまいはしないと。

棒槌《バンチュイ》は、自分はそんな人間じゃないと弁解しながら尋ねた。

「脊髄神経の損傷を治すという薬草は一体、あるものなのでしょうか?」

玉燕《ユイイエン》は言った。

「そんな薬草があるなんて、私は聞いたことがない。でも、舅舅《ジョウジョウ》（母の兄または弟）が知っているかも知れない。しょっちゅう山に入って薬草を摘んでいるから」

玉燕《ユイイエン》の舅舅《ジョウジョウ》の名は岩次《イエンツ》といった。隣の村の村長をしているだけなく、「水かけ祭り」を仕切って近郷の村々を束ね、歩き回っている忙しい人物ということだ。明日の夜明けを待ち、棒槌《バンチュイ》を連れて会いに行くと、玉燕《ユイイエン》は約束してくれた。

棒槌《バンチュイ》はその明日が待ちきれなかった。すぐにも出発できないかと腰を浮かしかけたが、玉燕《ユイイエン》は暮れかかる空を見上げて言った。

「夜、暗い道をあなたと一緒に出かけることはできないの」

「どうして?」

「ここらでは夜に出かけるとき、昔は提灯、今は懐中電灯を持って出るの。そのとき、あなたが私の顔を照らしたら、どうなると思う? 私はあなたのものになるのよ。あなたは私を自分のものにしなければならない」

棒槌《バンチュイ》はびっくりしたが、この不可解な秘密を知っておいてよかったと思った。もし、知らなかったら、厄介なことになるところだった。

玉燕《ユイイエン》は棒槌《バンチュイ》のために夕食を作ってくれた。タイ族をはじめ中国西南地区の少数民族に伝わる「叩き」だという。正月や晴れの日に欠かせないご馳走で、客人が来てこれを出さないと、その家は「けちん坊」とされ、近所からつまはじきにされるという。だから、水掛祭りのときに来た棒槌《バンチュイ》は、幸せにもこのもてなしにありつけたというわけだ。

玉燕《ユイイエン》によると、まず魚の内臓を取って三枚に下ろした後、包丁で二時間、叩き続け、香菜《ツァンツァイ》とハッカの葉を加えてできあがり。簡単だが、時間と手間のかかる料理だ。

さわやかで香ばしい香りが棒槌《バンチュイ》の口いっぱいに広がり、そこへ甘酸っぱい米酒《ミージュウ》（モチ米またはアワで作った酒）を流しんだ。彼は生酔いの目でタイ式家屋を見回した。がらんとして何もない。そうか、これも人生なんだ。棒槌《バンチュイ》は突然そう思った。玉燕《ユイイエン》は棒槌《バンチュイ》の心を見て取ったかのように、歌うような調子で言った。

「恋人のことを考えているのね？」

棒槌《バンチュイ》は顔が赤らむのを覚えて言った。

「恋人かどうか、まだ分からないんだ」

「あなたたち漢族というのは、どうしてこんなにややっこしいのかしら？　こうしてこうなっているんだから、それは恋人じゃないの？」

「ぼくは彼女が好きだし、世話をしたいと思っている。だけど、彼女は僕にその話をさせないんだ」

「あの女《ひと》の話を聞く前に、まずあなたが自分の気持ちを話すのが先でしょう」

「ぼくは怖いんだ。そんなことをしたら、彼女を永遠に失ってしまいそうな気がして」

「あなたって馬鹿ね。もし、あの女《ひと》があなたのものでないのなら、失いようがないじゃない？駄目で元々というでしょう」

「それは君たちタイ族の話だよ。こっちから告白してふられたら、面子《めんつ》まるつぶれだ。漢族はね、面子で生きてるんだ」

「違う。それは面子の問題ではなく、愛情の問題でしょう。私たちタイ族にとって愛は愛、愛がなければ、さっさと家に引っこむわ。裁判に訴えて、大騒ぎしたりしない」

「君たちはぼくたちより肝っ玉が座っている。君は怖くないのかい？　君のような娘さんが僕のようなよそ者を家に入れてくれるなんて、内地じゃ想像もできないよ。だって、僕がどこの馬の骨か分かったものじゃないだろう」

「別に怖くないわ。どうしてあなたを怖がらなくちゃいけないの？　よそ者だろうが、得体の知れない人であろうが、客人は心をこめてもてなすものよ。私たちはずっとそうしてきた。一昨年《おととし》、指名手配の強盗犯が私たちの村に逃げ込んできたわ。警察の人が来て、犯人を引き渡すように言った」

「もちろん、君たちは警察の言う通りにしたんだろう」

「そんなことはできないし、しちゃいけないの。その人は私たちの村に避難してきた客人よ。警察の手には渡せない。警察はここに一週間ねばったけれど、とうとう本署に引き揚げていった。それを見届けてから、私たちはその人に食糧とお金を持たせて逃がしてあげた」

棒槌《バンチュイ》は心が震えた。もし自分が一人の強盗犯で、この村でこんな体験をしたら、きっと真人間に更正するだろう。

やがて昼間の暑さが引いて、しのぎやすい夜になった。棒槌《バンチュイ》は久しぶりによく眠った。小雪《シャオシュエ》が事故を起こして以来、初めて味わった安らかな眠りだった。夜明け前に玉燕《ユイイエン》は彼を起こし、二人は村長の家へと出発した。涼しいうちに距離をかせぐのだと言う。

玉燕《ユイイエン》は筒状のスカートをはき、とても美しかった。花柄の包みを肩にかけ、ゆっくりと土の道を歩いていく。

棒槌《バンチュイ》は母親が別れしなに言った言葉を思い出した。

「雲南でいい娘《こ》が見つかったら、何族でもいい。気立てさえよければね。嫁にもらっておいで。お前だってもう子どもじゃないんだから」

棒槌《バンチュイ》が思わず声を立てて笑うと、玉燕《ユイイエン》はわざとにらむような、すねるようなそぶりで言った。

「何か企んでるの？」

棒槌《バンチュイ》はきまりの悪い思いで聞き返した。

「企んでるって？」

「何か悪さをしようとしているのね。夕べ寝た後、私に何かおまじないをかけなかった？」

棒槌《バンチュイ》は夕べ、横になった途端に寝入っていた。本当だと彼はむきになって繰り返したが、玉燕《ユイイエン》は聞き入れなかった。

「それじゃどうして私は今日、あなたのことばかり気になって、あなたのことばかり考えているのかしら？」

棒槌《バンチュイ》は呆気にとられた。タイ族の娘はこんなにあっけらかんとしているのか。言いにくいことがこんなにあっさりと、自然に口を突いて出るのは、もう芸術としか言いようがない！

棒槌《バンチュイ》は口ごもりながら言った。

「まさか、たった一日しか経っていないのに、もうそんな……」

「それじゃ、何日あればいいって言うの？」

棒槌《バンチュイ》は答えに窮した。玉燕《ユイイエン》は言った。

「あなたをいじめるのはこれぐらいにして、あなたの薬草探しのお手伝いを考えましょうか」

隣村に着いたときはすでに日が高く、正午を過ぎていた。村の道は人気《ひとけ》がまるでなかった。昼寝の時間だ。しんと静まる道に濃い影を落としながら二人は歩き、舅舅《ジョウジョウ》の竹の家に着いた。

舅舅《ジョウジョウ》の岩次《イエンツ》は五十歳を過ぎたばかりということだったが、六十歳のように見えた。真っ黒に日焼けした身体は肉をこそぎ取ったように痩せていた。深くくぼんだ目は日光の届かないような暗所に潜んで、かすかな光を反射している。自分から話そうとせず、こちらから尋ねたことについては訥弁《とつべん》ながらきちんと答えてくれた。

棒槌《バンチュイ》は玉燕《ユイイエン》に尋ねた。

「あなたの舅舅《ジョウジョウ》は村長さんでしたね？」

玉燕《ユイイエン》はうなずいて答えた。

「ええ、それが何か？」

「村長は弁の立つ人が多いでしょう。あなたの舅舅《ジョウジョウ》は口数が少ない」

玉燕《ユイイエン》はぴしゃりと言った。

「あなた方漢族は耳で人を見ますが、私たちタイ族は目で人を見ます」

「どういう意味ですか？」

玉燕《ユイイエン》はいらいらしながら答えた。

「まだ分からないの？　あなた方はその人が何を言うかを聞こうとするけれど、私たちタイ族は人が何をするかを見ようとします。私たちが村長を決めるときは、口が達者で押しの強い人よりも、口べたで気の弱い人を選びます。私の舅舅《ジョウジョウ》は村で一番、話が下手で、情にもろい人なんです」

棒槌《バンチュイ》は自分がここへ来たわけを懸命に岩次《イエンツ》に訴えた。

彼は深い眼窩の底から射すくめるような目で彼を見て尋ねた。

「あんたが薬草を探そうとしているのは、自分の女を助けるためじゃないのか？」

「え？　だめとおっしゃるんじゃないでしょうね？」

岩次《イエンツ》はまた尋ねた。

「その女は他人《ひと》のものなのか？」

棒槌《バンチュイ》は首を振った。

岩次《イエンツ》はまた尋ねた。

「あんたが薬草を探し当てたら、その女はあんたのものになることを承知するのかね？」

棒槌《バンチュイ》はまた首を振り、玉燕《ユイイエン》をなじるように尋ねた。

「あなたの舅舅《ジョウジョウ》は情にもろい人だとおっしゃいましたが、本当はもろいどころか、情の強《こわ》い人ですね」

玉燕《ユイイエン》はただ笑うだけだった。白い陶器のような歯が唇からのぞき、濡れてうるんだような光を発した。彼女に檳榔《びんろう》の実を噛む習慣がないからだと棒槌《バンチュイ》は考えた。檳榔は疲労回復や滋養強壮に効があるとされ、噛み始めると唾液がたまるのでぺっと吐き、その唾液が歯を赤黒くする原因となっている。

岩次《イエンツ》が笑うと、黒い歯がむき出しになった。きっと檳榔《びんろう》の実を噛んでいるせいだろう。

彼は言った。

「この薬草を探し出すためには、自分の命と引き替えになることもある。あんたは、何でもない女のために命を投げ出そうとするのか？」

玉燕《ユイイエン》は今度は棒槌《バンチュイ》の味方をしてくれた。

「舅舅《ジョウジョウ》、この人は漢族だから、私たちとは違う。私たちがしないことを、この人はするのよ」

岩次《イエンツ》はうなずきながら言った。

「わしはその薬草を子どものときに見た。舅舅《ジョウジョウ》がわしを連れて山に入り、教えてくれたんだ。しかし、今は恐らくないだろう」

棒槌《バンチュイ》は焦った。

「今はないって、どうしてですか？」

岩次《イエンツ》は口を閉ざし、玉燕《ユイイエン》が言った。

「たくさんの木が切られたのよ。以前なら、私たちが薪を取るときは黒心樹《ヘイシンシュ》しか切らなかった。この木は再生能力が強くて、切ってもすぐ生えてくるからよ。漢族が来てからは見境いなく何でも切ってしまったから、山はすぐ禿げ山になってしまった」

黒心樹《ヘイシンシュ》は樹心が黒く、「鉄刀木《ティエタオムー》」とも呼ばれて、世界で最も堅い木といわれている。

岩次《イエンツ》は言った。

「そいつはおそらく、ミャンマーの側にあるだろう」

棒槌《バンチュイ》は身構えるように言った。

「それは密かに国境を超えるということですか？」

玉燕《ユイイエン》が説明した。

「こちらの景頗《ジンポー》族（雲南の少数民族）とあちらの克欽《カチン》族は親戚関係で、昔から冠婚葬祭や国境貿易で、行ったり来たりはしょっちゅうよ。私たちも買い物にあちら側へ出かけてるわ」

岩次《イエンツ》が言った。

「国境警備隊は別に恐ろしくない。部隊と面と向き合わずにやり過ごせば、どうってことはない。だが、本当に恐ろしいのは毒蛇と猛獣だ。その危険を冒して、どうしてわしがあんたを連れて行かねばならんのだ？」

棒槌《バンチュイ》は言った。

「それでは道を教えていただけませんか？　私は自分で行きます」

岩次《イエンツ》は何度も首を振った。

「あの山に入ったら、二度と出てこれんぞ。死にに行くのか？」

棒槌《バンチュイ》は岩次《イエンツ》の前でがばと身を伏し、哀願した。

「舅舅《ジョウジョウ》、お慈悲ですから、どうかあの哀れな娘をお助け下さい」

岩次《イエンツ》はやはり情にもろい人だった。ひれ伏したままの棒槌《バンチュイ》を助け起こした。

棒槌《バンチュイ》はスイス製の腕時計を外し、岩次《イエンツ》に渡して言った。

「これはお仕事の邪魔をした迷惑代と思って下さい。スイスのエニカーです」

岩次《イエンツ》は言った。

「道中は費《つい》えがかさむ。道案内を雇い、宿に泊まり、飯も食わねばならん。あんたの腕時計なども らっても、わしには無用の品だ。向こうへ行ったら、必要な金を払ってくれれば、それでいい」

棒槌《バンチュイ》は感極まって何度も頭を下げた。玉燕《ユイイエン》も棒槌《バンチュイ》のために喜んでくれた。

いよいよ出発となった。岩次《イエンツ》と棒槌《バンチュイ》は満天の星降る夜、懐中電灯、羅針盤、防水布、雨具、ロープ、非常食などを装備してミャンマーを目指した。

岩次《イエンツ》は言った。文革のころ、紅衛兵たちは国境を越えて当時のビルマ共産党遊撃隊に参加した。そのとき通ったルートを今たどっているとのことだった。

岩次《イエンツ》と棒槌《バンチュイ》、二人の道中の艱難《かんなん》はもう語るまい。半月後、二人はタイ族の村に戻った。岩次《イエンツ》は足をくじいたが、あの霊妙な薬草で灸をすると、たちどころに快方へと向かった。しかし、棒槌《バンチュイ》の方はさんざんだった。マラリアに感染して高熱にうなされ、北京に帰るどころではなくなった。玉燕《ユイイエン》は彼を引き止めて療養に専念させた。

棒槌《バンチュイ》は薬草が変質するのを恐れ、急いで郵送しようとしたが、玉燕《ユイイエン》は言った。

「送るのなら、薬草の葉はまず日干しにしてからでなくちゃだめ。私を信用して任せてくれるんなら、ちゃんとやってあげる」

棒槌《バンチュイ》はうなずいて、また昏睡に陥った。

玉燕《ユイイエン》は頼むに値する女性だ。薬草を日干しした後、焙煎《ばいせん》し、数日を要さずに薬袋に詰めた。それを貴州省の郵便局へ持っていき、棒槌《バンチュイ》の書いた住所へ送った。

棒槌《バンチュイ》は時々意識が戻り、その都度繰り返し尋ねた。

「返事はまだありませんか?」

玉燕《ユイイエン》は答えた。

「北京からだと、二週間はかかるわね」

一カ月が過ぎた。しかし、返信はなかった。棒槌《バンチュイ》のマラリアは自治州の病院にもかかって、すっかりよくなった。闘病の間、玉燕《ユイイエン》は献身的に彼の世話をした。心づくしの食事はまず特大のサーロインの酸牛肉《スアンニュウロウ》、これは白胡椒、黒胡椒、茴香《ういきょう》、丁字《ちょうじ》、香菜や特産のスパイスを刻み、味の決め手となるトマトピューレを加えて十日間熟成させたソースを煮汁としたものだ。さらに魚の香菜包み焼き、アリと卵の酢和えなど、棒槌《バンチュイ》は旺盛な食欲を見せ、見違えるほどに回復した。また彼はタイ語の日常会話を身につけ、年若い娘を見たときは「蒲哨《プーシャオ》」と呼ぶことも覚えた。

暑さが日ごとに増して、雨期の到来を告げた。雨期に入ると、インド洋の湿った空気が大量の降水を運び、交通は至るところで遮断される。棒槌《バンチュイ》の帰心は募るばかりだった。彼がそれを言い出せないでいると、玉燕《ユイイエン》が彼の心を代弁してくれた。

「もう帰るころね」

棒槌《バンチュイ》は泣いた。

「こんなによくしてもらって……」

玉燕《ユイイエン》は言いかける彼の言葉を断ち切った。

「もう何も言わないで。たとえ、あなたがここに残ると言っても、私はあなたを引き留めることはできないから……」

二人は涙のうちに別れた。

それから一週間もの旅の後、棒槌《バンチュイ》はやっと北京に帰り着いた。列車を降りた彼は病院に直行した。ナースセンターで彼は看護師の小米《シャオミー》を見つけた。しかし、顔つきが変だ。思わせぶりなうなずき方をして、そそくさと姿を消した。

棒槌《バンチュイ》は病室に突進した。小雪《シャオシュエ》のベッドは空だった。まさか。彼は頭が真っ白になった。自分のうかつさが悔やまれた。小雪《シャオシュエ》が睡眠薬を密かにためこんでいることを知りながら、なぜ出発前に取り上げなかったのか。棒槌《バンチュイ》の帰りも遅すぎた。

ミャンマーの山奥で虫に食われ、蚊に刺され、大病を発した一年間の疲れがどっと出た。気力を使い果たした彼は、小雪《シャオシュエ》のいないベッドに座り込んだ。

医師の大衛《ダーウェイ》が来たのにも気づかなかった。大衛《ダーウェイ》は棒槌《バンチュイ》を医務室に連れて行った。

大衛《ダーウェイ》はまず煙草に火をつけてから棒槌《バンチュイ》に言った。

「喜んでくれ。小雪《シャオシュエ》は退院した」

棒槌《バンチュイ》は尋ねた。

「彼女を見放したのか？」

「とんでもない。もう治療は必要ない。全治したんだよ。今はバレエだって踊れる」

棒槌《バンチュイ》は自分の耳が信じられなかった。さまざまな思いがこみ上げて、彼の目に涙の粒が光った。

大衛《ダーウェイ》はさらに言葉を続けた。

「明後日《あさって》、結婚式を挙げる。どうか君にも参列して祝ってほしい。これは僕たちのたってのお願いだ」

棒槌《バンチュイ》は尋ねた。

「誰の結婚式だって？」

「ぼくと小雪《シャオシュエ》の結婚式だ」

棒槌《バンチュイ》の涙はそこで止まって固まった。彼は医務室のテーブルの隅にふと目を止めた。玉燕《ユイイエン》に送ってもらった薬草の包みがそこにぽんと乗っている。まだ封も切られていない。玉燕《ユイイエン》が一画一画、力をこめて書いたぎこちない漢字がにじんで見えた。

# ご本人様ですか？

（原題・你是本人嗎？）

**訳注**　登場人物の張三《チャンサン》と李四《リイスー》はそれぞれ張家の三男坊、李家の四男坊ということだが、どこの誰でもいい不特定の人物を表す仮の名前でもある。日本の「熊さん、八っさん」あるいは「佐藤さん」「斎藤さん」にも相当すると言えようか。

張三《チャンサン》は国営企業を辞めて、なまくらを決めこんでいた。妻とも別れた。やるべきことはあっても、何をする気も起きなかった。浮き世の馬鹿は起きて働け。俺は寝る。もともと鈍な人間だったが、しかし、このままではやはり食っていけない。彼は李四《リイスー》に電話した。相手は社会主義市場経済の成功者だ。雇用の重要性を何と心得るかと議論をふっかけよう。しかし、受話器から聞こえたのは女性の機械的な声だった。

「申しわけありません。社長はただ今電話に出られません。よろしければ、ご用件を承っておきますが……」

こいつめ。秘書を雇う身分になったのか。こっちは秘書どころか、電話さえまだだというのに。張三《チャンサン》はため息をついた。

固定電話の回線は引いてあるから、後は電話を取り付けるだけのことだ。工事人からその話を聞いたとき、工事費のことより地方まる出しの訛りが気に障った。というのは、外勤の工事人といえども、電話局に職を持つのは裏口に手を回し、付け届けでもしない限り、おいそれとはいかないからだ。それなのに、田舎からぽっと出のあんちゃん風情が電話局勤めかよ。

工事人に言わせれば、それは昔のこと。古い暦はめくれませんときた。今の人間はきつい仕事、汚い仕事、危険な仕事、稼ぎにならない仕事はしたがらない。電話局は仕方なく、地方の出稼ぎ人から人員を確保しているということのようだ。

張三《チャンサン》が他人の仕事を気にするのは、自分が国営企業の〝肩たたき〟にあったからだ。国営企業が余剰人員を整理するために、定年までの残り年数を買い取って早期退職を促そうとしていたのだ。

国営企業を辞めた人間に、電話局の工事人のような出稼ぎ仕事を紹介しようとする者はなく、それまでの仕事が工作機械製造工場の旋盤工というつぶしのきかない職種だったから、おいそれと次の仕事が見つかりそうもない。（国営の大企業の場合、一九七〇年代に就職して九〇年代に退職したとすると、その一時金は三万元＝約四十万円程度だという）。

一方、李四《リイスー》は立ち回りのうまい男で、張三《チャンサン》とは小学校の同級生だった。李四《リイスー》にはツキがついて回った。文革が始まって、仲間が慣れない農作業にへばっていたとき、彼は都市《まち》に残って涼しい顔をしていた。文革後期になると、彼は裏口から人民解放軍の「工農兵学員」に入りこみ、再開された大学にいち早く優先入学していた。

そして、市場経済の時代になった。上も下も官も民も商売、商売と目の色変えて走り始めたとき、彼は市場の泥海を自在にかいくぐって、いち早く金のなる木を次々に育てていった。例えば、映画やテレビのいわば周旋業で、ピンは主演俳優からキリはその他大勢役のエキストラまでマネジメントするプロダクションを立ち上げた。昔の言葉で言えば「口入れ屋」だが、これが当たった、すでに〝億万長者〟の異名がささやかれている。

李四《リイスー》は、失業した張三《チャンサン》のために映画の撮影所を紹介した。

「撮影所の入口にたむろしていろ。エキストラの口がかかるぞ」

エキストラは以前、撮影班がそれぞれに人集めをしていたのだが、あるとき、知らない男たちが来て撮影所の入り口に立ちふさがった。ついては、エキストラに自分たちの手の者を使ってもらいたいと、すごみをきかせた。あまりの迫力に圧倒され、多くの撮影班は妥協した。使えばいいんでしょうと。時間は金だから。

エキストラのギャラはほんの申しわけ程度だったが、仕事は面白く、何より張三《チャンサン》の気性に合っていた。

初めて与えられた仕事は、人が一群となって逃げ惑うシーンで、後ろから機銃掃射が迫ってくる。人はばたばたと倒れるが、じたばたする必要はなく、死んだふりをしていればよかった。昼になると弁当が出て、しかも、ただで食べられ、その上に五十元（約八百円）のギャラまでもらえた。

張三《チャンサン》は機銃掃射を受けたとき、すぐにばたりと倒れたりはしなかった。彼は映画で見たことがある。こんなとき、宙を掻きむしり、のたうち回ることを知っていた。この演技が助監督の目に止まった。喜んだ助監督は次のシーンで彼に一言、台詞《せりふ》を与えた。

「打ち殺せ！」

これは時代活劇もので、囚人は檻に入れられて刑場に護送されていく。これを取り囲んだ群衆はてんでに石や腐った卵、果物などを投げつける段取りだった。張三《チャンサン》は手かごの中から鴨梨《ヤーリー》（アヒルの卵のような河北産のナシ）の実を取り出して一声高く叫んだ。

「打ち殺せ！」

すかさずクローズ・アップのカメラが寄ってくる。しかし、彼はすぐにを投げつけたりはしなかった。まず大口を開けて、その実をがぶりとやった。うん、この実はまだ熟れてない。これなら捨てても惜しくないといった思い入れをしてから囚人目がけて投げつけたのだ。

監督はこのシーンの中で彼の演技が一番光り、主役の囚人役まで食ってしまったと絶賛した。これ以来、彼は脇役のまた脇役といった役をふられるようになった。

こうして彼は大スターの主演俳優がどんな演技をするのか間近に見る機会に恵まれた。いつの日か大スターの目に止まって気に入られれば、相手役に取り立てられることも夢ではない。

だが、張三《チャンサン》の期待を裏切って、この主演俳優はなかなか自分の演技を見せようとしなかった。撮影現場に入ると、寝椅子に横になり、付き人に命じて相手役と立ち稽古をさせるのだ。自分は横になったまま動こうとしない。じりじりした相手役は稽古を早く仕上げれば、主役と直《ちょく》の稽古に入れると踏んだのだが、この当てが外れた。主演俳優は監督を顎で呼びつけ、台本に文句をつけた。この台詞にはどういう必然性があるのか、納得がいかない、変えてくれと言われて監督は、大スターのご機嫌を損ねるわけにもいかずに分かりましたと答えて、この日の仕事はちょんとなった。

張三《チャンサン》はこれを見て、相手役をあまりにも踏みつけにしたやり方だと思った。人と生まれたからには大スターにならなければ、人生の醍醐味はどこにあるだろう。だが、翌日、思いもよらぬ場面が出来《しゅったい》した。

大スターの付き人が稽古を始めようとしたとき、相手役の俳優は寝椅子に横になっており、動こうとしない。自分の付き人を稽古に立て、大スターの付き人の相手をするよう命じたのだ。なるほど、相手があぁ出れば、こちらはこう出るのかと張三《チャンサン》は考えた。この日は付き人と付き人の稽古で一日が終わるのかと思われたとき、大スターがついに腹を立てた。

午後、大スターは「やめた」とも何とも言わず、契約の前金と覚《おぼ》しき札束をチーフ・プロデューサーのデスクにどさっと投げ出すなり、すたすたと帰ってしまった。相手役の俳優はその場を動かなかった。こうして相手役が主役に取って代わったのだ。

張三《チャンサン》はその相手役の出方に舌を巻き、そうかと納得した。もし、彼に付き人なり、アシスタントなり、身代わりとなる存在がなければ、こういう場面の切り返しができなかっただろう。

ロケ地から撮影隊の宿泊地へ戻るバスが交通事故の現場に出くわした。現場検証に来たのは警察ではなく、その下請けの「協警《シエチン》」だったのに張三《チャンサン》は気づき、また代理の出番かよと思った。てきぱきとブレーキ跡に物差しを当てたり、車が衝突した位置と角度などを記録したり、ぱちぱちと写真を撮ったり、忙しく立ち働いてひと仕事仕上げたところで本物の警察がやって来た。報告書を斜めに読んでサインすると、さっさと走り去った。本物が軽々しくすぐやって来ると体面に関わるのか、えらく勿体《もったい》をつけているように見えた。

このとき、張三《チャンサン》の頭にひらめくものがあった。そうだ、映画の台本を書こう。

李四《リイスー》に電話すると、やはりあの秘書の機械的な声がした。李四《リイスー》はいない。とりあえず電話をほしいと伝え、出端をくじかれた思いでいるところに李四《リイスー》から電話が入った。秘書ではなく別のアシスタントの声だった。張三《チャンサン》に何の用かと聞く。

張三《チャンサン》は答えた。急に思い立って李四《リイスー》に飯《めし》をおごりたい。とにかく会ってくれ。用件はその席で話すと言うと、そのアシスタントは李四《リイスー》の指示を仰いでから返事をしたいと言う。

張三《チャンサン》は怒った。あいつに伝えろ。偉そうに勿体つけるな。これ以上ぐずぐず言うんだったら、あいつの家の大事なお宝に、がちゃんと一発お見舞するぞ。

この一言が決め手になった。李四《リイスー》は骨董に凝り、いっぱしのコレクターを気取っている。家には、にせ物と知れたがらくたがごろごろしているが、彼はそれをみんな本物と信じて大枚をはたいている。見る目はないが、金に糸目をつけない。「一万」の金よりお宝の「万一」を恐れるといった手合いだ。

李四《リイスー》はすぐ電話口に代わり、何ごとだと聞いた。張三《チャンサン》は答えた。飯を食いながら話そう。重大案件だ。すごいアイデアがひらめいたんだ。

李四《リイスー》から場所を決めろと言われて、張三《チャンサン》は、はたと困った。彼は今アルバイトで食いつなぐ身の上で、近所の小さな店で拉条子《ラーティアオズ》（手延べラーメン）とか炒餅《チャオビン》（具の入ったお焼き）とかで腹を満たす毎日だ。懸命に考えをめぐらし、彼が知る限りの有名レストランの中から当時一番人気だった「ロシア餐庁《ツアンティン》」を思い出した。友人が結婚式のとき呼んでくれた店だった。

「ロシア餐庁《ツアンティン》はどうだ？」

受話器から気の進まなそうな李四《リイスー》の声が返ってきた。

「個室がないじゃないか！」

「それなら同一順《トンイーシュン》はどうだ？」

「取り壊しになってるよ」

そうだったのか。張三《チャンサン》はもう十年以上、有名店が建ち並ぶ界隈に足を踏み入れていない。李四《リイスー》は助け船を出した。

「それならここへ来いよ。桃花源山荘《タオホアユアンシャンチュアン》だ。桃源郷だぞ。この世の楽園だ」

そこはここから七、八十里（三、四十キロ）もあって、タクシーに乗れば少なくとも二百元は吹っ飛ぶ。張三《チャンサン》は今日、ギャラの五十元は持っているが、とても足りない。しかし、李四《リイスー》は友人を困らせるような男ではない。

「こうしよう。車を迎えにやるから、そこはどこだ。場所を言えよ」

張三《チャンサン》は柏樹嶺《バイシューリン》に住んでいるが、車を止められそうな場所がない。いくら話しても説明はつかないだろう。一番分かりやすいのは柏樹嶺《バイシューリン》霊場の入口にある駐車場で、結局、午後四時半、そこで落ち合うことにした。

張三《チャンサン》は四時に着いた。今回持ちかける話は生半可《なまはんか》の覚悟ではない。道路はいつも混んでいるから、万一、渋滞に巻きこまれて遅れるようなことがあってはならなかった。

まだ時間があったので、墓地の中をぶらつくことにした。

父親を幼いときに亡くし、母親はすっかり老いてしまった。早晩やってくるその日のために、墓地の値段を尋ねてみた。墓室一つが四万元（約五十二万円）もする。使用期間は二十年ということだった。

木の上で巣に帰るカラスが鳴き交わし、彼は「カラスの親孝行」の話を思い出した。カラスが老いて自分で餌を探せなくなったとき、その息子や娘が捕ってきた餌を親に口移しで食べさせるという。老いた母のために墓を買う甲斐性がなくてどうする。そのためには金が必要だ。張三《チャンサン》は長男である自分の身の上を思った。もう若くはないのに、「副」の役にさえありつけなかった。われながら情けないことだ。彼は他人の母親の墓前で誓いを立てた。近いうちに墓を買う金を稼いでみせる。

おっと。ここへ来たのは墓参りのためではない。あわてて入口の駐車場へ戻ると、約束の時間にまだ五分あった。彼は煙草に火をつけ、焦る気持ちを抑えて駐車場の入口を見守った。

ややあって高級セダンの「紅旗《ホンチー》」(政府高官外国賓客用に使用された大型高級乗用車。一九八一年からエネルギー節約の一環として製造中止になった)が来た。李四《リイスー》が「紅旗《ホンチー》」に乗る身分になったのか。こちらから近づいて確かめてみた。

「私をお探しですか?」

「いえ、納骨堂はどこですか?」と逆に尋ねられた。彼は舌打ちする思いで西側に向かい、山の坂道を指さした。

丁度、赤い夕陽が稜線に沈もうとしてるところで、彼の心も一緒に沈みこみそうだった。腕時計を見ると、針は五時五分前をさしている。こんな旧式の時計、今ではめったにお目にかかれるものではない。

丁度ラッシュの時間帯だ。焦ることはない。夜の約束だから時間はまだたっぷりあると自分に言い聞かせながら、彼はまた煙草に火をつけた。

張三《チャンサン》は会社を早期退職させられたとき、離婚した。子どもがいなかったから、それほどためらわなかった。どうして離婚したのかと、問いつめられたら、うまく説明できない。

張三《チャンサン》は妻が母親に対していつも我を張り、折り合うのが下手だったからだと言ったが、母親はそんな風には思わず、息子は要するに女房に逃げられたのだと結論づけた。彼の給料が少なすぎたからだ。

妻はまたそんな見方をせず、性格の不一致だと言った。あの当時は離婚の原因に性生活の不調和を挙げることはごくまれで、ほとんどが性格の不一致で片づけられていた。

張三《チャンサン》は腑に落ちない。性生活と言うなら、一週間に二度も頑張っていたのに、何が不足で、どうして不調和なのか？

彼は李四《リイスー》に尋ねた。当時は李四《リイスー》にアシスタントはいなかったから、何かあれば、同級生のよしみですぐじかに会うことができた。

李四《リイスー》は言った。

「鉄を打つのを見たことがあるか？」

「鉄を打つのと何の関係がある？」

李四《リイスー》は根気よく説明した。

「関係あるさ。鉄は熱いうちに打てというだろう。鍛冶屋を見ろ。鉄を炉に出し入れするだろう。焼けたら打ち、冷めたら、また入れる」

「何が言いたいんだ？」

「ただ闇雲《やみくも》に打つばかりが能じゃないってことさ」

「女は鉄か？」

「そうだな。お前はどうやら鍛冶屋ではなさそうだ」

「分かるように説明しろよ！」

このとき李四《リイスー》がため息をついたのを、張三《チャンサン》はまだ覚えている。

「だめだ、こりゃ。何回こすっても、お前のちんぽこは×××だ」

これは、飲みこみの悪さを皮肉った下品な言い方だが、張三《チャンサン》がぽかんとしているのを見て、李四《リイスー》はやおら解説にかかった。

「つまりだな。前戯が足りないということだよ」

張三《チャンサン》はさらに尋ねた。

「前戯って何だ？」

李四《リイスー》はこれを見ろと言って、一枚のＶＣＤ（ビデオ・コンパクト・ディスク）を渡した。当時はまだＤＶＤがなかったのである。

張三《チャンサン》はそれを見てから三日間、飯が喉を通らなかった。むかむかがおさまらず、どうにも胃が受けつけないのだ。

彼は学校時代に教わったことをよく覚えている。教師や親、医者たちはみな「病は口から入る」と言い、「衛生第一」を語って聞かせた。それなのに、その口であのような不潔、不衛生でみだらなことをしてよいものか？　彼はＶＣＤを返すとき、に尋ねた。

「お前はあんなことをしているのか？」

李四《リイスー》は訝《いぶか》しそうな口調で聞き返した

「あんなことって何のことだ？」

「お前は変態だ！」

張三《チャンサン》はそう罵ってから、一九八〇年代にこんな「色情《スウチン》」ビデオを見ようものなら、間違いなく銃殺になったんだと言った。

確かに八〇年代、ポルノビデオを見たばかりに銃殺になった者がいた。そんな昔ではない。警察が民家に踏みこんで、それを見ていた夫婦を逮捕した事実をみんなはちゃんと覚えている。

李四《リイスー》は平然として言った。時代は進歩している。人間性もまた変わるんだ。

張三《チャンサン》は尋ねた。

「お前、その道に詳しいのか?」

「いや、その域にはほど遠い」と控えめな返答をして、李四《リイスー》は語った。以前はその道を極めたと思いこんでいたが、その鼻っ柱をへし折られるときが来た。若いオフィス・レディに出会って、自分が長い間いかに思い上がっていたか、そしてそれがいかに間違いであったかを思い知らされたというのだ。俺は前戯についても無知だったと言わざるを得ない。その娘が商品リストを広げ、実演してくれるまではね。

商品といっても、どこの薬局にも普通に並んでいる品物ばかりだよ。娘さんはそれを使って延々二時間かけて前戯をやってくれた。そのお返しに、今度は彼が習い覚えた方法を使って娘さんに二時間の前戯を行った。その爽快感、浮遊感は画仙紙が空《くう》を舞うが如きと言おうか……。

この日を期して、張三《チャンサン》は李四《リイスー》に頭が上がらなくなった。その商品リストに何が書いてあったか、張三《チャンサン》はしつこく尋ねたが、李四《リイスー》は答えようとはしなかった。それからしばらく経って、張三《チャンサン》はもう聞くことをやめた。彼は認めざるを得ない。あのＶＣＤにしろ、あの商品リストにしろ、彼が喋々《ちょうちょう》するのはまだ十年早い。だが、いつか見返してやろう。彼はそう決めた。

張三《チャンサン》がとりとめもないもの思いにふけっているうちに、空は次第に暗くなり、花盗人もご退勤となった。花盗人というのは、ここ数年、人心が浮薄になったせいか、墓に供えられた花を盗み、その翌日新しい墓参者に売りつける不心得者のことだ。こんなことが起きるのは一般の庶民が埋葬されている共同墓地がほとんどで、その隣の革命功労者共同墓地は管理人が見回りをしているから、まずは見かけない。

花盗人が店じまいをしたということは、もう墓参りの人間は来ないということだ。墓域には松の木が多い。黄昏の空気に松の木の香りが満ちてきた。木々の茂りの中、青灰色《せいかいしょく》の墓碑は死者がひっそりとうずくまるように連なっている。何と静かなことか。人はその一生を何のために生きてきたのか？　張三《チャンサン》は小学校の作文の時間を思い出した。

お下げ髪の若い女教師だった。口をすぼめると、えくぼが二つできた。歯切れのよい口調で生徒に質問した。

「世界観とは何か、はい、分かる人？」

みんなが茫然としていると、赤いネッカチーフを締め、学級委員で少年先鋒隊大隊長の少女が颯爽と立ち上がり、この問題に回答を与えた。

「はい、先生。世界観とは世界に対する見方のことです」

この程度の問題はこの可愛らしい大隊長にとって、どうということはない。少女はこの教師の指導ですでに『フォイエルバッハとドイツ古典哲学の終焉《しゅうえん》』を副読本として読み始めていたからだ。教師は満足そうにうなずきながら補足を加えた。

「世界観には二種類あります。一つは無産階級のもの、そしてもう一つは資産階級のものです」

この授業の最中、張三《チャンサン》は教師に対して素朴にして手厳しい質問を発した。

「先生、世界観って、何の足しになるんですか?」

この深奥なる問題に対して、教師は答えた。

「この次、みんなでしっかりと討論しましょうね」

しかし、「この次」はなかった。文化大革命が始まったのだ。年若い女教師は吊し上げに遭い、『フォイエルバッハとドイツ古典哲学の終焉』も槍玉に上がった。女教師は自殺した。人の話だと、その墓はこの付近にあるらしい。

文革が終わってから、李四《リスー》は張三《チャンサン》に尋ねた。世界観が何の足しになるかって、お前はあのとき、一体どんな答えがあると思ったのかと。李四《リスー》も懸命に考え続けたのだろう。張三《チャンサン》は答えた。

「あの質問をしたとき、俺はちゃんと答えを持っていたよ。俺の親父はちゃんと世界観を持っていたからね。もっとも、病死してしまったけれど」

「お前の親父が世界観を持っていたって、どうして分かるんだ?」

「石炭掘りだったからさ。職業病の珪肺《けいはい》を患って、坑道に降りなくてもよかったんだが、何が何でも切り羽に立つと頑張った。当時は『雷鋒《レイフォン》（解放軍工兵運輸隊の隊長。殉職して〝毛主席的好戦士〟の栄誉を与えられた）に学べ』の大ブームだったからね。行かざるべからずだ。いよいよ息をひきとるときになって、見舞い人に尋ねたそうだ。労働を通して自己を改造し、無産階級の星となる——俺の世界観は正しかったかと。見舞い人は答えて言った。お前は無産階級の世界観を身につけた模範的労働者だと」

李四《リイスー》は首をひねって尋ねた。

「これが『世界観は何の足しになるのか』という質問と何の関係あるんだ？」

「関係あるさ。俺の母親は世界観なんか持っていなかったけれど、立派に生きてきた」と張三《チャンサン》は誇らしげに答えた。

「世界観を持っていないって、どうして分かるんだ？」

「俺のおふくろは字を知らず、新聞も読まなかった。世界観はどこから来るんだ？」

「お前の母親は世界に対して何の見方も持っていなかったのか？」

「世界に対しては持たなかったが、世の中の道理に対しては持っていた。しょっちゅう怒鳴っていたよ。それで世の中に申しわけが立つのかいってね」

李四《リイスー》はためらいがちに言った。

「それが世界観じゃないのかい？」

張三《チャンサン》は同意しなかった。

「世界は世界、世の中は世の中だよ」

李四《リイスー》はなおも食い下がった。

「お前の母親はブルジョワの世界観を持っていたんだろう」

張三《チャンサン》は怒った。

「おふくろがどうしてブルジョワなんだ？　お袋は立派な都市細民、ルンペン・プロレタリアートだよ。しょっちゅう言ってた。貧乏人に金を持たしちゃいけない。貧乏人が金を持つと、ろくなことはない。金持ちより始末が悪いってね」

李四《リイスー》はうなずきながら言った。

「なるほど。まさしく無産階級の特質を言い当てている」

張三《チャンサン》は抗弁した。

「それは違う。貧乏人が金を持ってなぜ悪い。いくら持とうが、誰も邪魔することはできないはずだ……」

張三《チャンサン》があれやこれや思いだしているうちに一台のトラックがすぐ近くに停まった。彼が取り合わずにいると、運転手がサイドガラスを下ろして尋ねた。

「張老師《チャンラオシー》ですか？」

老師《ラオシー》とは教師や師匠に対して敬意をこめた呼びかけだが、映画や演劇の世界では誰もが老師《ラオシー》で呼び合う。

「何でトラックなんだよ？」と張三《チャンサン》は尋ねた。

「すいません。あいにく車が出払って、撮影所の道具を引っ張り出してきました。ちょっとの間、ご辛抱下さい」

張三《チャンサン》はぷりぷりしながら車に乗り、口もきかなかった。長い道のりをおんぼろトラックでがたがた揺られて行くのは地獄の責め苦だ。運転手は張三《チャンサン》の不機嫌をとりなそうとして話題を絶やさずに話しかけてきた。張三《チャンサン》はそれも無視していたが、根負けして一言尋ねた。

「あなたは彼のアシスタントですか？」

運転手は遠慮がちに答えた。

「いえ、アシスタントのアシスタントです」

今は助手が助手を持つ時代なのだ。張三《チャンサン》が持っていた優越感はぺちゃんこになった。いつの間にか新しい縦社会ができ、彼が一人取り残されたような疎外感と言おうか。彼は運転手に話しかけたが、お愛想を言う口ぶりになっていた。

「李老師《リイラオシー》（李四《リイスー》のこと）は最近お忙しいんですか？」

「いいえ、それほどでもありませんが、仕事がいろいろ重なって、新しいアシスタントをほしがっています」

「もうお持ちじゃないですか」

「それは仕事のアシスタントで、今度必要なのは生活面を担当するアシスタントなんです」

「生活面って何をするんですか?」

「とりあえず、湖南料理と四川料理のできる南方の娘さんがいればなあということなんですが」

張三《チャンサン》は密かにこいつはうまいと思った。最近、四川省出身の独身女性と知り合い、つき合っているからだ。名前は幺妹児《ヤオメル》で四十歳。独身とはいっても、五歳の子持ちだ。張三《チャンサン》と結婚したがっているが、彼は踏み切れないでいる。その連れ子が反抗的でかわいげがない。新しい父親の言うことをおとなしく聞くかどうか分からないからだ。

彼がその気になれば彼女とベッドを共にする機会があり、彼女もそれとなく水を向けてきたが、彼はいつも避けてきた。というのも、あの前戯のことがずっと頭にのしかかっていたからだ。下手なことをすると、取り返しのつかないことになるかも知れない。

もし、李四《リイスー》の探している助手がまだ決まっておらず、幺妹児《ヤオメル》を使ってもらえるなら、こんなうまい機会はない。前戯の問題も解決できるかも知れない。トラックに揺られる長い道のりはもはや地獄の責め苦ではなく、二時間足らずがあっという間に過ぎ去った。

山荘に入って李四《リイスー》の仕事場に着くと、もう夜の八時を過ぎていた。李四《リイスー》が飛び出してきて彼を迎えるかと思っていたが、彼の姿は見えない。別の部屋で電話しているらしく、いつまで経っても出てこない。しかし、彼の助手はよくできた男だった。名前の朱礼《チューリ》と仕事の助理《チューリ》（アシスタント）が実によく符合し、周到な仕事ぶりを見せてくれた。まずお茶を注いでから口を開いた。

「少々お待ち下さい。すぐ食事をお持ちします」

間もなく運ばれてきた料理を見ると、皿に山盛りのチャーハンだ。何だ、これは。張三《チャンサン》はちょっと臭いを嗅いでから疑わしげに尋ねた。

「これが自慢の桃花飯《タオホアファン》ですか？」

朱礼《チューリ》が答えた。

「申しわけありません。桃の花が終わって菊の季節の菊花炒飯《ジュイホアチャオファン》になってしまいました。安徽省の黄山から皇帝に献上された極上の菊です。菊は体の熱だけでなく心熱を冷まし、ストレスを解消し、夏ばての回復にも効能があります。目の疲れ、かすみ目にもいいそうです」

実のところ、張三《チャンサン》は腹を空かせていた。箸を持つと、勧められるのを待たずに食べ始めた。皿を半分ほど平らげたとき、ちょっとこれはまずいかなと思った。

「あー、あの、李老師《リイラオシー》は？　一緒に食べることになっていたんですがね」

このとき、電話の話を切り上げなら、李四《リイスー》が出てきた。まずは時候の挨拶から始まり、張三《チャンサン》を「三爺《サンイエ》」と奉って言った。

「いやあ、三爺《サンイエ》、しばらく、しばらく。味はどうかね？」

「一緒に食べようと言ったじゃないか」

「いやあ、この二日、ろくなものを食べていない。知ってるだろう。俺は辛いものに目がなくて、専属の料理人を探しているんだが、このささやかな願いさえかなえられない哀れな身の上さ。ところで言ってたな。とびっきりのアイデアがあるそうじゃないか。聞こうじゃないか」

張三《チャンサン》はアイデアのことはすっかり忘れていた。台本を書こうとはしていたが、何を書こうとしていたのか、もう覚えていなかった。

「言えよ。早く。ここにいるのはみんな身内だから、アイデアをぱくられることはないぞ」

神のなせる業か、張三《チャンサン》の口からすらすらと言葉が湧いて出た。

「俺は結婚する」

李四《リイスー》は一瞬ぽかんとしたが、気を取り直して言った。

「相手はどこの誰だ？　北京の女はいかんぞ。食いしん坊で怠け者で、お高くとまって、すぐヒステリーを起こすからな」

「四川の女だ」

李四《リイスー》は目を丸くし、ひたと張三《チャンサン》を見据えた。

「料理は作れるか？」

「うん、まあな。塩煎肉《イエンチエンロウ》（回鍋肉《ホイグオロウ》の一種）、麻婆豆腐《マーボドウフ》、搾菜頭燉排骨《チャーツァイトウドゥンパイグウ》（塩漬けしていない新鮮なザーサイと骨付き肉のスープ蒸し。スープは澄んでいるが、味はとびきり辛い）……いや、なに、どうってことはない、ありきたりの家庭料理さ」

李四《リイスー》はごくりとツバを飲み込んだ。

「夜食の点心《ディエンシン》（軽食）は作れるかな？」

「せいぜい頼湯圓《ライタンユアン》（四川省で有名なゆで団子）、龍抄手《ロンチャオショウ》（一種のワンタン）、坦々麺《ダンダンミエン》……」

「酒を持ってこい！」と李四《リイスー》は大声でアシスタントに命じた。

張三《チャンサン》はわざと怒ったふりをしている。

「いや、昼間飲んだから、もういいですよ」

「今の料理、聞いただけで腹の虫が騒ぎ出した。飲もう！」

朱礼《チューリ》が尋ねた。

「何の酒をお持ちしましょう？」

李四《リイスー》が張三《チャンサン》に尋ねた。

「何にする？」

「菊花茶《ジュイホアチャ》でいい」

李四《リイスー》は笑った。

「怒ってるのか？　あのチャーハンは仕方なかったんだ。気を悪くしないでくれ。そうだ。十年ものの茅台酒《まおたいしゅ》、ボトルごと持ってこい！」

これには張三《チャンサン》が驚いただけでなく、朱礼《チューリ》まで呆気にとられた。この茅台酒は李四《リイスー》が愛蔵して、飲むのさえ惜しんでいた酒だ。チャーハンでも食べさせておけと言われた客がどうしてこのような口福にあずかることになったのか。

とにかく茅台酒が来た。粘土で固められた瓶の口から得も言われぬ香気が立ちのぼってくる。張三《チャンサン》のこれまでの人生で茅台酒を飲む機会は一度もなかったが、その彼にも判断がついた。この瓶は本物だ。十年ものの一瓶はおそらく一万元を下るまい。（近年の中国では役人の接待や宴会の自粛が呼びかけられ、茅台酒の注文も原則禁止になっている）

酒は申し分なかったが、張三《チャンサン》は別段うれしそうな顔をしなかった。もう少し李四《リイスー》を弄《いら》ってやろうと、つまらなそうにつぶやいた。

「菊花炒飯《ジュイホアチャオファン》をもう少しいただこう。これを肴に飲むとするか」

「おいおい、兄貴、何てことを言ってくれるんだ。菊花炒飯《ジュイホアチャオファン》のことは、俺が悪かった。謝る。この通りだ。頼むから機嫌を直してくれよ」と言いながら、李四《リイスー》は灯影牛肉《ドンインニュウロウ》（灯りが透けるほど薄切りにした牛の干し肉。しびれる辛さが特徴）、スペインの生ハムをすぐ持ってくるよう命じた。

張三《チャンサン》ももう、すねたふりをしなかった。酒と肴が整い、二人はいつもの仲好しに返って酒をつぎ合い、杯を重ねた。

李四《リイスー》は木製の葉巻入れからキューバ製の葉巻を取り出した。専用の小刀で吸い口を切り、張三《チャンサン》に手渡した。

張三《チャンサン》は工場勤めをしていたとき、一箱二毛《マオ》（二円六十銭）という「天壇《ティエンタン》」印の安葉巻を、親方からもらって吸ったことがある。しかし、このような外国産の上物を手にするのは初めてだった。彼は自分のライターを取り出し、火をつけようとして、李四《リイスー》に止められた。

「これじゃ焼きむらができちまう」と李四《リイスー》は言って、葉巻を自分の手にとり、トーチ型のライターを回しながらゆっくりと火をつけ、恭しい手つきで張三《チャンサン》に渡した。

煙を深々と吸いこんだ張三《チャンサン》は、激しく咳きこみ始めた。李四《リイスー》は言った。

「煙を肺に入れちゃ駄目だよ。口の中でもやっとさせるんだ」

張三《チャンサン》はあわてて葉巻を口から外し、李四《リイスー》の手に戻した。

「どうしたんだ?」と聞く彼に張三《チャンサン》は答えた。

「どうってことないが、お前の口は不衛生だからな」

「俺の口がか？　俺は二時間にいっぺん、うがい薬でうがいしてるんだ。それが不衛生か?」

「お前の口はほかの用事にも使うだろう」

李四《リイスー》は大口を開けて笑った。

茅台酒は頭にくる酒ではなかったが、立ち上がろうとすると足もとがふわっと浮き上がった。ボトルを半分以上開けて、同級生の二人はまた子どものときのように話が途切れ、黙り込んだ。

李四《リイスー》が出しぬけに尋ねた。

「どんな肌をしているんだろうな？」

「そうきたか。残るはそこだな」

張三《チャンサン》はうまく気を持たせた。彼は李四《リイスー》の一番知りたいことを知っている。

「どうだ？」

「抜けるように白い」

李四《リイスー》は飲みこんだばかりの茅台酒にむせた。

「むちむちしてるのか？」

「ああ、油条《ヨウティアオ》（揚げパン）を揚げる前みたいに」

李四《リイスー》は首をかしげた。

「何で油条《ヨウティアオ》が出てくるんだ？」

「それはだな。彼女は朝飯を出す店を借りて、油条《ヨウティアオ》を揚げたり、豆腐脳《ドウフナオ》（ニガリを入れていない柔らかい豆腐）を売っているからさ」

「それなら豆腐脳《ドウフナオ》みたいに、ふわふわしてるとか言ったらどうだ？」

「お前が聞いたんだろう。むちむちしてるかって。ふわふわしてるかとは聞いていない」

「どう違うんだ？」

「油条《ヨウティアオ》の生地は油を混ぜてこねるだろう。だから、むちむち。豆腐脳《ドウフナオ》は水で作るから、ふわふわだ」

「参った！　天才的だ！　俺はそんな朝飯をここ十年以上食べていない。俺が食っているのは、下水に捨てた油の使い回しだよ」

このとき、茅台酒の瓶は空になっていた。二人は回らない舌で語り尽くせない思いを吐露し、歓を尽くした。茅台酒をもう一本開けさせたが、今度は五年ものにした。

李四《リイスー》はろれつの回らない口で言った。

「おい、お前、前戯の駄目男。ちゃんと練習しているか？」

張三《チャンサン》は李四《リイスー》をむんずとつかまえて言った。

「それなら、あの薬局の商品リストに何が書いてあったか、全部教えてくれよ」

李四《リイスー》は手を振った。

「全部は覚えていない。ええとなんっだっけ、ワセリンとか……、細々《こまごま》したもんだ。葉巻と同じで、急《せ》いてはことをし損じる」

張三《チャンサン》は悲しみがこみ上げてくるのを抑えられず、テーブルに突っ伏し、すすり泣きを始めた。

李四《リイスー》はあわてて張三《チャンサン》をなだめにかかった。

「こんな話はこれまでにしよう。なあ、ものは相談だが、兄貴のコレが俺の食生活のアシスタントになってくれれば……、こんなありがたいことはない。どうだろうか？　な、頼むからさ。いいだろう？」

張三《チャンサン》はとてつもない屈辱を感じていた。何十年と李四《リイスー》とつき合って、いつも風下《かざしも》に立たされ、〝パシリ（走り使い）〟と変わらぬ小者扱いだ。長年の不満がたまりにたまり、いつもはけ口を探していた。もしかして、茅台酒が彼に霊感を与えたのかも知れない。世の中、何するものぞ。一種不遜の気が彼の胸元にぐいと頭をもたげた。彼は顎をしゃくり上げ、いともさわやかに言ってのけた。

「どうってことはない。お前が俺のアシスタントになればいい」

李四《リイスー》は自分の耳に入ったことがよく飲み込めないでいた。

「飲み過ぎたのか。俺がお前のアシスタントになるってか？」

張三《チャンサン》は金槌で釘を打ちこむようにようにばしっと言った。

「前戯のアシスタントだよ！」

李四《リイスー》は聞き間違えたのかと思い、酔いを振り払うようにして言った。

「前戯だって？　それじゃ後戯《こうぎ》、はどうするんだ？」

張三《チャンサン》はずるく笑った。

「後戯なら教わらなくても俺にもできる。お前は画仙紙を空に舞わせるんだ。その後は俺のを見ていろ」

李四《リイスー》は厳粛な面持《おもも》ちで言った。

「分かった。謹んでお前の前戯を勤めさせていただく。だが、たとえ、姐《あね》さんが俺にGO ONーーそのまま後戯まで行ってよと泣いて頼んでも、俺は言うことを聞いてやらないぞ。それでもいいんだな」

「心配ない。俺がいるんだから大丈夫だよ」

二人は盃をカチリと合わせ、画仙紙の誓いを立てた。

張三《チャンサン》はどうといった取り柄のない男だが、とてつもないな理屈でとてつもないことをしでかすことになった。腹を据えなければ、とてもできない芸当だ。

彼は画仙紙の世界観を幺妹児《ヤオメル》に話したところ、彼女はあっさりと承知した。彼女も奇を好む性癖があったらしい。

張三《チャンサン》と幺妹児《ヤオメル》の結婚式が行われ、初夜の前戯が公開された。アシスタントの積極的な参加と協力が功を奏した。果たせるかな、詰めかけた客は驚喜し、この苦行を免れた張三《チャンサン》にとっても喜ばしいことだった。これは張三《チャンサン》の父親の石炭を掘る作業に比べたら、もっと難儀で複雑な技《わざ》を必要とする。この仕事は今後とも必ずアシスタントに代行させようと、彼は心に誓った。

ここに一つの道理があるのを彼は知っている。

つまり、ことわざにある通り、泥棒が好き放題をしながらうまいものを食っているのを見てうらやんだりする人間は、ものごとの半面しか見ていない。なぜなら、その泥棒は捕まったら罰を受け、痛い目に遭わされるからだ。人が華やかにときめいているように見えても、その陰には人に知られぬ苦労と努力があるのだからという教訓だ。

誰がどんな仕事をしてようと、偏見を持ってはならない。それをやめさせたり、奪ったりしてはならないのだ。

しかし、この後、李四《リイスー》は仕事の忙しさを口実にして、アシスタントの朱礼《チューリ》を派遣したいがどうかと言って来た。朱礼《チューリ》は李四《リイスー》より若く、妻の幺妹児《ヤオメル》も反対はしなかった。張三《チャンサン》も最初はそれを認めたが、アシスタントがそのままアシスタント、ついにはあのトラックの運転手を二回よこしてくるに及んで、とうとう堪忍袋の緒を切った。その理由はほかでもない。対等と対称の関係が失われるからだ。ものごとの関係は何より対称でなければならない。「非対称」になったとき、危機と破局が生まれる。

張三《チャンサン》はあの主演俳優と相手役の俳優の間で起きたもめ事を思い出し、幺妹児《ヤオメル》に相談した。これでは俺たち、馬鹿みたいだ。代理が代理の相手をするのでは、芝居の世界と同じで稽古にも何にもならないではないか。あいつが代理を寄こしたら、お前が相手をするな。お前も代理を立て、あいつの代理と代理同士、手合わせさせてやれ。

幺妹児《ヤオメル》も幺妹児《ヤオメル》で、ここ二、三日、腹を立てていた。張三《チャンサン》のような理屈ではなく。代理の代理が毎夜、ほうほうの体《てい》で逃げ出し、今度は別の代理を寄こすと言いわけするようになったからだ。前戯もまったくおざなりで、画仙紙が宙に舞うどころではない。

彼女は目をくるりとさせて言った。

「だけどさ。こちらで代理を頼んだら、金を払わなきゃならないよ。労働の対価だ。そうでなきゃ誰が来るもんか」

それはそうだ。張三《チャンサン》ともあろう者がどうしてそこに気づかなかったのだろうか？　その金は当然、男の代理人が支払うべきであろう。

こう考えた張三《チャンサン》は、女の代理人に支払う報酬だけでなく、設備の使用料——具体的には部屋代、トイレの使用料に加え、さらに夜食などの飲食費などを別料金として、男の代理人から徴収することに決め、その価格はもちろんリーズナブルな設定をして公表に及んだ。

幺妹児《ヤオメル》は美容院へ行って、すぐ五人の女性代理人をスカウトしてきた。一九九〇年代後半に現れ、洗髪やマッサージなどのサービスをして「洗頭妹《シートウメイ》」と呼ばれた女の子たちだ。代理人ともなれば社会的地位が上がるし、芸能界の有名人とお付き合いするのも夢ではない。テレビや映画の大スター、実業界の金持ちにも会えれば、楽しくておいしい仕事の部類に入るだろう。

張三《チャンサン》が新商売を始めるというニュースはあっという間に広まり、開店の日には李四《リイスー》までがやって来た。

張三《チャンサン》は原理・原則を重んじる男だ。李四《リイスー》に言った。

「お前は俺のアシスタントという役割に変わりはない。だから俺の女房だけに奉仕しなければならない。ほかの代理人は代理人同士、よろしくやればいい。それが家柄の釣り合いってものだ」

家柄だと？　李四《リイスー》は異議を申し立て、家柄だとか釣り合いだとか資産階級的な意識は打破すべきだと説いたが、張三《チャンサン》は同意しなかった。無産階級には無産階級の家柄、家格の釣り合いがなければならないと言った。焦った李四《リイスー》は張三《チャンサン》に泣き落としの手に出た。

「なあ、姐《あね》さん以外の娘《こ》を紹介してもらえないだろうか？　二人分の金を払う。無産階級プラス資産階級、正反合《せいはんごう》の弁証法的世界観の二人分だ。これならいいだろう？」

やはり金の力がものを言い、幺妹児《ヤオメル》もしぶしぶながら承知した。それ以後、代理人がまた顔見知りの代理人を呼び集め、代理人の輪が広がっていった。さらには撮影所が代理人の提供を請け負い、新しい代理人は仲間の代理人をどんどん連れ込んだ。ただ、どんな大スターでも一介の代理人としてでなければ受け入れないというのが、不変の活動（営業）方針だった。金がうなって流れこんできた。ざくざくと貯まる音がした。母親の墓どころか、ビルをまるごと買ってもおつりが来た。

近所の人は目を見張った。派手な身なりの男女が入れ替わり立ち替わり、走馬燈のように出入りする。ときに嬌声が上がる。高級調度や取っ替え引っ替え持ち込まれる。出されるゴミの中身も日に日に豪勢、ぜいたくを極めるようになった……という密告の書状が当局に投じられた。

ある日、警察のパトロールカーと護送車が突然横付けになり、関係者が一網打尽になった。容疑者はすべて売春とわいせつ行為を認め、すべてを包み隠さずに自白した。ただ一人、頑としてこれを認めず否認し通した男がいる。張三《チャンサン》だ。

彼が検察に対して、ひるむことなく繰り返して強調、反論したのは、これは代理人と代理人の間において発生したできごとであり、代理人とて人間であるから、相手を選ぶ権利があるということだった。

そして、この特殊事情においては、資産階級と無産階級間の本質的な対立は認められず、これが世界観の問題に波及するものではないことを力説した。

また、張三《チャンサン》の妻と張三《チャンサン》の代理人との間は、夫婦と見なすべきであり、故に金銭的な係り合いはなく、従って、検察の告訴は成り立たないと抗弁した。

しかし、検察は彼の主張に耳を貸さず、彼を告訴して身柄を法廷に移した。「それで世の中に申しわけが立つのか」という彼の母親の口癖を検察官も繰り返した。

判決の日、最終弁論の機会を与えられた張三《チャンサン》は、秋霜烈日の気迫をもって裁判長と居並ぶ裁判官をひたと見据え、問いかけた。

「お聞きします。あなた方はご本人ですか、それとも代理人ですか?」

言い終えた張三《チャンサン》は陪審団をじろりと眺めやった。

陪審団にパニックが走った。退場する陪審員が現れ、次々とその三分の二が姿を消した。彼の視線が検察官、弁護士、廷吏たちに及んだとき、彼らは一様に心神の不定を来たし、彼の視線を見返す者はなかった。

判決文を持つ裁判長の手はぶるぶると震えが止まらず、判決の言い渡しは延期となった。

ある者は裁判長の手が震えたのは怒りのためだと言い、またある者は言った。あの裁判長もまた代理だったのだと。

# スマート殺人

（原題・知識殺手）

大陸の秋風が木々の葉をばさばさと吹き払う季節、私は思い立った。殺す。ほかに手はない。これでいく。

当然のことだが、自分ではできっこない。魚の鱗を下ろすとき、魚がぴくりとしただけで、のけぞってしまう私のことだ。とてもその任に堪えない。だが、このご時世、金を払うのを厭いさえしなければ、およそできないことはない。

同業者の意見を徴したところ、口をそろえて宣《のたま》うではないか。私の職業と社会的地位からして、仇敵を葬るのに生《なま》の暴力は見苦しいぞと。毒を盛ったり、簀巻きにしたり、付け火したり、ピストルや麻縄を用いるなどは下《げ》の下の三文芝居、いずれも武《ぶ》に訴えるやり方だからだ。それならば、文《ぶん》を尚《たつと》ぶやり方があるとでもいうのか。

たとえば、物語を語って聞かせてショック死させられれば、死因に何の痕跡も残さずにすむ。あるいは、告げ口をして嫉妬地獄に追い込み、狂い死にさせる手もあろう。いや、もう一つ、どんな殺人のマニュアルにもない方法がある。笑い死にだ。だが、いずれも信を置けそうにない。嫉妬で死ぬほどしおらしい人種はもはや生息していないし、笑い死にさせるにしても、当今は笑いの質があまりにも劣化、鈍磨していて、とても致死量に至らない。天《あま》が下に新しいもののない時代、物語を聞かせて、おいそれと死んでくれる人がいるか？ 世に物語の達人、目利きはごまんといる。なまじの細工を弄したところですぐに見破られ、せせら笑われるのが落ちであろう。

私はネット上で〈彼〉を探し当て、会う段取りをつけた。〈彼〉の相貌の特徴や名前をここで明かせないことをご了解願いたい。この仕事は秘密を守ることによってのみ成り立っているからだ。

私たちは製紙工場の排水口で会った。ここを指定したのは〈彼〉の方からだった。排水は黄色い泡をぶくぶくたて、悪臭がつんときて目をしばしばさせた。

「その人を殺したいそのわけを、お話し願えませんか?」

「私の生計を奪ったからです」

「はあ、なるほど。で、あなたはほかに生計を立てられないのですか?」

「何をしろとおっしゃるんですか。私はこれしか能がないんです。それをあいつがだめにしてしまった!」

「よろしければ、何のお仕事か教えていただけますか?」

「小説を書いています」

「その人はあなたにどんな仕打ちをしたのですか? 殺さずにすませられるのなら、それにこしたことはありませんから」

「私があなたを雇うのは、調停を依頼するためではなく、問題を解決するためです」

「私たちの契約はまだ成立しておりません。お引き受けするには相応の理由が必要です。一つ申し上げておきますが、私は切った張ったの殺し屋ではありません。私の仕事は血を一滴も見ることなく、知的領域で行われます。できればスマート殺人と呼んで下さい。私たちの話し合いも一つスマートにいきたいものですね」

「分かりました。率直に話します。私たちの業界の話ですが、物書きを生かすも殺すもお上《かみ》の審査と選考会の格付け次第なんです。同じ小説でも、大賞を取れば、出版社がどっと押し寄せてきて、印税だってあっという間に二十%の大台乗せも夢じゃない。授賞から外れた日には出版社はおろか、読者からもそっぽを向かれて、やっと五千部印刷の初版が見るも無惨に返本の山。片や刷り増しに次ぐ刷り増しで数十万部突破ですからね。天国と地獄の分かれ道がそこにあるんです」

「印税がたったの二十%？　それが知的作業に対する正当な報酬ですか？　西太后に追われて逃げた梁啓超《りょうけいちょう》は、日本で四十%ぶん取ったというじゃありませんか」

今はもはや作家が尊重され、その信奉者たちにちやほやされた古きよき時代ではない。不機嫌な編集者の顔色をうかがった上に、自費出版させられないだけまだましなのだ。そこまで〈彼〉に分からせてから、私は身を入れ熱を込め、声を励まして語った。私の仇敵が私の前に何度立ちふさがり、私の受賞を何度邪魔立てしたことか。評論家風情が賢《さか》しらな顔して、もっともらしいご託を並べ立て、人をさんざん踏みつけにするのが小面《こづら》憎かったのだ。

私は〈彼〉の心をつかんだと思った。私も物書きの端くれだ。たとえ相手が情の強《こわ》い殺し屋であろうと、その心を動かせなくてどうする。

〈彼〉はちょっと考えてから
「分かりました。お役に立ちましょう」と言った。

私が〈彼〉に〝謝礼〟はいかほどかと尋ね、返ってきた答えに目を剥いた。二百五十元《アルバイウー》元。中国語で「馬鹿」「間抜け」「とんま」の意味だ。

私はむっときて、できることなら二百四十元とか二百六十元にしてもらえないかと尋ねたが、〈彼〉は断った。二百五十元《アルバイウー》は誠意がモットーの証《あかし》、筋は曲げられないと。そして言った。

「半金を前払いでいただきます。一応、業界の慣習ということで」

分かりましたと言いたいところだが、ちょっと待てよと思った。筋を通すにしては安すぎないか。安すぎて、ちょっと信用できない。〈彼〉は一体、どんな方法で仕事をやろうとしているのか。

「場所を換えて話しませんか」と〈彼〉は提案した。

〈彼〉がこの場所を選んだのは、排水口の騒音を利用して取引きの話を人に聞かれまいとしたからだった。大衆的な夕刊紙によれば、この先進的汚水処理のシステムはちゃんとした検査をパスしているということだが、そのお墨つきがとんだ目くらましだったとは、さすがの〈彼〉も思い至らなかったようだ。私たちはこの臭気にもう一刻も耐えられなかった。

次に行ったところは「農業副産品マーケット」と呼ばれる自由市場だった。農産物や水産物の露店に混じって、毛皮や革製品を商い、客の求めに応じて生皮《なまかわ》を剥《は》ぐ店もあった。もちろん客の生皮を剥ぐのではなく、ギンギツネやテンなど天然記念物、稀少動物、絶滅危惧種などの生皮を剥ぎ、これが高値で売れるのだ。獣は啼《な》き、人はわめき、このけたたましさときたら、たとえ百人の妊婦が陣痛の叫び声を同時に発したとしてもかなわないだろう。まさに私たちの話し合いにはうってつけの場所だった。

異相をした売り手の男がよく肥えたテンを檻から引きずり出すと、恐怖にかられたテンは煮詰まったような屎をまき散らし、両目から涙をしたたらせながら、ここを先途《せんど》とばかりに啼《な》き叫ぶ。男はテンを手早く麻袋に押し込んで袋の口をきゅっとくくり、高々と持ち上げたかと思うと、地面目がけて力任せに投げつけた。どんと太鼓を打つような音がすると、取り囲んでいた見物客たちがわっと沸いた。テンを引っぱり出すと、四つ足がひくひくと引きつけを起こしている。だが、死んではいない。気絶しているだけだ。

男はするすると小刀を走らせ、生皮を引き剥がしにかかった。皮がその頭部までまくれ上がったとき、テンは両目を見開き、きょとんとした顔で周囲を見廻した。テンは全身からほかほかと湯気を立てている。獣臭《けものしゅう》がむっときた。まっ白い脂身にみるみる赤みがさし、淡いピンク色からゆでたてのエビのような鮮紅色に変わった。見物客はみな男の手際のよさに感嘆している。

檻の中でおびえ、身をすくませていたテンの同族たちは、人間に立ち向かおうとするのか、肺も裂けよとばかりに叫び始めたが、人間たちの陽気などよめきの中にかき消されていった。

男は慣れた手つきでテンの皮をくるくると筒状に丸め、金の指環をはめ、でっぷりとした男に投げ渡した。男はそれをしっかりと受け止め、意気揚々と引き揚げていった。実演販売、大当たりだ。

これを見た別の男の子が自分にもテンを殺してくれろと父親にせがみ、駄々をこね始めた。この子はその毛皮が高級な上着の裏地になることなど知るはずないし、それを着たい年ごろでもない。

私は考えた。この子は見たいのだ。さっきまでぴょんぴょん跳びはねていた生きものの命の瀬戸際が、この子の人生に訪れた最初の不思議なのだ。生きたまま吊り下げられて、毛皮を下から上へと剝《む》かれ、したたる血がほかほかと湯気を立てながら死ぬその瞬間——この子はそれが見たいのだ。根負けした父親は見物客をぐいとかき分けて、売り手の男に身を寄せて言った。

「おい、あんまりぎゃーぎゃーいわせるな。俺はとても聞いてられねえ」

そう言われても商売は上々、客の注文に一々かかずりあっているひまはない。男はうるさそうに言った。

「そんならちょっと待ちな。この客をみんな捌《さば》いたら、やってやるからよ」

子どもは地団駄踏んで、いやだ、いやだ、今でなきゃいやだと泣きわめく。

私は考えを変えた。いっそのこと、このガキを殺せないものだろうか。

〈彼〉に尋ねると、〈彼〉は首を横に振って答えた。十八歳未満の子どもは、あの裁判所でさえ死刑にできないんですからね。処置なしですよ。ただ、スマート化された彼の方法を用いれば、人間だけでなくあのテンを安楽死させることができると言う。それもよかろうと私は思った。ここは一つ、〈彼〉のお手並み拝見といこう。

子どもは泣きやまない。男は仕方なく次の客を待たせて、テンをつかまえに行くと、檻の中も大騒ぎになっていた。テンたちは歯をむいて啼《な》き叫び、互いにハグしたり噛み合ったりしながら身をよじり、檻の奥に逃げこもうとしている。騒ぎの度が過ぎたと思ったのか、男は子どもをにらみつけて言った。

「どうしてくれる！　お前のせいだ！」

子どもの泣き声に火がついた。テンたちの声を合わせたよりももっと大きい。その声量は変声期が過ぎてもテノール歌手として通用し、空っぽの頭によく共鳴するだろう。せいぜいイルカの声色でも真似るがいい。

さあ、どうする？　私はなじるような目で〈彼〉を見た。〈彼〉はすっと前へ進み、テンの檻に向かって何か二言三言話しかけた。檻の中がしんと静まりかえったところで、男は檻に手を突っこんだ。当てずっぽうに引っ張り出されたのは一番小さなテンだった。テンはきらきら光る黒い目で私の依頼人を見つめた。

男がテンを麻袋に入れようとすると、〈彼〉はその手を押しとどめ、テンの耳元で何かささやいた。見物人たちはいぶかしげに見ている。私はそこへ割って入り、聞き耳を立てようとしたが、彼の言葉はすでに飛び去ってしまい、私が見たのは固く口を結んだ彼の表情だけだった、

次の瞬間に起きたことは、奇跡としか言いようがない。テンは両目を閉じたかと思うと、その口から啼《な》き声一つもらさず、そのままことんと、こときれたのだ。

男は小刀を持ったまま半信半疑の面持ちで、仕事にかかれないでいる。

「途中で噛みつかれないだろうな？」

安心できないでいる男に、〈彼〉は大丈夫とうなずいて見せた。客たちは息をひそめて見守っている。

男は、はっと催眠術にかかったみたいに小刀をふるい始めた。一刀一刀、見えない手に操られているようだ。その自在な手さばきは、小夜曲《セレナーデ》を奏でる堤琴《ビオロン》の名手さながら、人々を深い安堵と

陶酔の境地へと誘《いざな》った。

　皮と肉が切り離されるのに時間はかからなかった。見物人の間からどっと喝采の声が上がり、檻の中からはテンたちのほっと嘆息の声がもれた。

　私の依頼人が人垣を掻き分けて出てくるのを待ちかねて、私は尋ねた。

「あの畜生に何を話したんだ？」

　どうやら私たちは人目に立ってしまったようだ。長居は無用。別な場所を探さなければならない。〈彼〉は私を引っぱって急ぎ足で農業副産品マーケットを後にした。

　着いたところは、とある小学校の校門だった。周囲は下校する子ども迎えに来た親や定年過ぎた祖父母たちで埋まり、その数はさっきのマーケットより多かった。それぞれ校門をじっと見つめ、私たちに注意を払う者は誰もいなかった。〈彼〉は言った。

「いかがですか？　あれが私のやり方です」

「あなたはあそこで一体、何を言ったのですか？」

「私が死ぬか、それとも君たちが生き残るか、それは神のみぞ知る……」

「それはソクラテスの言葉じゃありませんか？　私だってそれぐらい知ってますよ。彼が毒杯を仰ぐときの辞世の句です。テンはそれを確かに聞き分けたと、あなたは本当に思っているのですか？」

「それについてはこれぐらいにしておきましょう。まあ、気を静めて、私たちの取引きについて話し合いましょう」

私は引き下がらなかった。〈彼〉の言うスマート化された方法について詳しい説明を求め、納得がいけば、前金を払う。残りの半金はことが成就してからで、これが全世界共通の常識だと言い張った。

「どう言えば、分かってもらえるでしょうか？」と〈彼〉は一言一言、慎重に言葉を選びながら話し始めた。

「これは偶然起きたことなんですが、性的不能者《インポテンツ》の人が一人死にました……」

「それはあなたが仕掛けた仕事ですか？」

「いいえ、違います。まあ聞いて下さい。時は金なりからね」

〈彼〉は「555」に火をつけ、煙を深々と吸い込んだ。

「おい、おい！」

怒鳴り声に近い粗暴な声が、いきなり私たちに吠えかかった。

私は魂が抜けるほど驚いた。何と言うことだ。始める先に、ことが露見してしまったのか？

「煙草を消せ！　ここをどこだと思っているんだ？　校門だぞ！」

むっとくるような荒っぽい言い方だった。甲高い女の声がこれに同調した。

「何て不謹慎な！」

〈彼〉は気にもとめず煙草の火を指でもみ消し、何ごともなかったかの言葉を継いだ。

「インポテンツの人は自殺でした。恥辱に耐えられず、死を選んだのでしょう」

「そんな恥辱を誰が与えたのですか？」

「申し上げたはずです。口をはさまないで下さい！」

私の仕事人は少しいらいらしてきた。

「彼は娼婦のところにいるとき、突然、萎えてしまったんです。若い女性は残酷ですからね。耐え難い言葉を投げつけられたのでしょう。彼はメンツで生きている人です。昼となく夜となく身を噛む自意識の責め苦に耐えられなかったのでしょう。文学賞の選考会で選にもれた以上の苦しみかもしれません」

「私を引き合いに出してどうするんです？」

「引き合いも何も、あなたはもう巻きこまれているんですよ。まあ、お聞きなさい！」

〈彼〉は本当に癇癪を起こしてしまいそうだった。

「その男は死にました。通夜に姿を見せたのは、彼の友人一人だけ。名誉な死とは言えませんから、友人たちがみな尻込みする中、その友人だけは人がどんな生き方をしようと、またどんな死に方をしようと平気で受け入れるタイプでした。彼はまた読書が大好きだったものですから、その夜も友人の遺体に寄り添って、ひたすらページを繰っていました。次の日、新しい弔問客が来て、その男が遺体の側で寝入っているのを見つけました。一冊の本が遺体の下腹部に伏せられているのに気づいてよく見ると、その本は宙に浮いていたのです」

「本の下に円座があったのでは？　ほら、痔の患者が尻にあてがうやつですよ」と私は口を滑らせ、〈彼〉の話を混ぜ返してしまった。

「彼は痔持ちではありません」

私の依頼人は、あきれたといった顔をしてぷいと横を向き、きびすを返して歩き出した。私はあわてて後を追い、その腕をしっかりとつかまえた。

「できないのなら、できないと言えばいいでしょう。そんなウソっぽい作り話で人を騙せるとでも思っているんですか？　あなたらしくもない。あなたは誠実がモットーの、スマート商会の支配人なんでしょう！」と私は息をはあはあ弾ませて言った。

「ウソをついているのはあなたです。私は知ってますよ。いいですか。私は誠実たらんとしている男です。雇い主にも誠実であることを求めます。もし雇い主の言葉に偽りがあれば、それ以上仕事はできません」

「誠実というなら、私も人後に落ちません。いんちき選考会のできレースに焼きを入れるため殺し屋を雇う。これのどこが不誠実なんですか？」

「それなら、申し上げましょう。あなたは小説家ではない。テレビドラマの台本作者じゃありませんか。そのドラマ、私は見ましたよ」

「決めつけるのは勝手ですが、私は小説家です。その私にテレビドラマの依頼が来れば、願ってもないことです。喜んで書かせてもらいますよ。テレビドラマのどこがいけないんですか?」

「あなたに小説は書けませんよ。だってあなたには想像力というものがない。これっぽっちもね。よく分かりました」

立ち去ろうとする〈彼〉の腕を、私はすかさずつかんだ。冷たい秋風が吹き募る中、二人の男が立ちつくし、私はやるまいとする手に力をこめた。とうとう〈彼〉は根負けして、さっきの話を続けることになった。

三日目の告別式に来た弔問客も彼の下半身の上に一冊の本が浮かんでいるのに気づいた。会場は騒然となったが、すぐそのわけが明らかになった。隆々とそそり立つ彼の男根が、開いたままのページを三日間、突き上げていたのだ。人々はうなだれ、彼は堂々と己《おのれ》の恥をそそいだ。口さがない噂はしぼんで二度と人の口に上《のぼ》ることはなかった。

私は何が何だか分からなくなった。もしかして、やっぱり私は想像力に欠けているのかもしれない。この話は一体、何を意味しているのか? これではあのインポ男の復讐になるどころか、名誉回復にもならないのではないか? こう考えるのは私の想像力に問題があるのか、それとも

〈彼〉のロジックに問題があるのか、そのどちらかだ。私は冷笑を浮かべて言った。

「どうぞ、お引き取り下さい。契約はやめにしました」

「どういうことですか?」と〈彼〉は聞き返した。

しめしめ。人は帰れと言われて素直に帰る動物ではない。人とはさもしいものだ。みんな助平根性を持っている。私をみくびってはいけない。これは狙う得物をしとめるために、今はあえて泳がしておく遠謀深慮なのだ。

私は〈彼〉の論理の乱れをこき下ろした。まるで目鼻の付かない与太話だと、煙草の煙の輪をぷかりと浮かべるように笑い飛ばしてやった。〈彼〉は笑った。殺し屋の笑いには凄味があり、思わず鳥肌が立った。〈彼〉は言った。物語は始まったばかりで、まだ終わっていないと。


話しているうちに、校門が開いた。校舎から湧いて出た生徒たちは押し合いへし合い殺到してくる。親の自転車に乗る子ども、お手伝いが運転するベンツに乗る子ども、ベルとクラクションが交叉するいつもながらの下校風景だ。みんな一番にここを出ようとしている。二番以下は人生の落伍者になることだと、彼らは本気で験《げん》を担いでいる。

校門を埋めた数百人の人影は、バッタの群れが飛び去ったみたいに消えてなくなった。一人の若い女教師が何か気がかりそうな様子で出てきて周りを見渡した。私たちがぐずぐずしているのを見て話しかけてきた。

「失礼ですが、〝大馬鹿〟〝小馬鹿〟ちゃんの父兄ですか？　二人は別なお身内のお出迎えがお連れになりました。ついでだということです。ほんの一足違いでした」

私は向かっ腹が立った。下校時間に生徒を人買いに売る。誰にも怪しまれない手口だ。殺し屋は目で私を制して、ことさら丁寧な口ぶりで女教師に尋ねた。

「別な出迎えの人が子どもたちを連れ帰ったということですね。どんな様子の人でしたか？」

彼女は懸命に記憶をたどり、

「中年の人で……少し肥っていたかしら……それほどでもなかったようだし……肥ってもいなく痩せてもいない……」

「肥ってもいなく痩せてもいない？」

殺し屋は辛抱強く尋ねた。

「そうです。肥ってもいずに痩せてもいませんでした」

「変ですね。私の子どもたちは病欠の届けを出して家で寝ています。どこの誰が出迎えに来て、連れて行ったのでしょう？」

彼女の顔にみるみる赤みがさした。さっき皮を剥がれたテンのようだ。そして、悲鳴に近い声で叫んだ。

「どういうことですか？　子どもは学校に来ていないんでしょう。その子どもを迎えに来るって、あなた方は一体、何者なんですか？　何を企んでいるんですか？」

殺し屋は冷静に話を進めた。

「私たちがここへ来たのは、その肥ってもなく痩せてもいない人の調査のためです」

彼女の体がぐらりと揺れた。誰だって「調査」の二字には弱い。教師はしどもどろになりながらも、殺し屋の所属を尋ねた。彼が答えたのは「調査部」の三文字だった。彼女の顔は蒼白になった。

「そんな人、知りません。きっと見間違えたんです」

「いやいや、よく思い出して下さい。私たちはこの事件をずっと追ってきたのです。捜査にご協力をお願いしますよ」

彼女は塀に寄りかかり、ふらつく足を懸命に踏みしめていたが、突然、徒競走のピストルが鳴ったみたいに猛然とダッシュして校門の中に走りこんだ。おそらく体育の教師なのだろう。私たちも逃げることにした。

「ここじゃどうにも話にならない」と〈彼〉は落ち着き払って、どこか次の場所へと私を導いた。

「あの本のことをもっと話して下さいよ。おっ立ったチンポコの上に乗っかったあの本は、何か事件でも引き起こしたんですか?」

「そうでした。本筋に戻りましょう」と〈彼〉は次の物語を語った。

噂が噂を呼んだこの事件は、さらに次の事件を生むことになった。真性のインポテンツ患者がその本を借り出し、まさかのことに死んでしまったのだ。彼のチンポコの上にその本がかぶさっていた。チンポコはしっかりと上を向いて嘶《いなな》いていたのに、本人は冷たい骸《むくろ》だったという。

最初の事件は不可思議なできごととのみ噂されたが、次に又してもインポテンツ患者である。同じ本を借りて同じ結末を招いたのだ。殺し屋は誰よりも早く、そして誰も考えの及ばない明察を得た。

その書物の奇妙な効能は、死んだチンポコを生き返らせる代わり、その持ち主を死なせるというものだった。〈彼〉は推理を重ね八方手を尽くして、星の数ほどもある本の中からついにその本を突きとめ、入手した。当然のことながら、〈彼〉はその本を彼自身のその部位にあてたことはなく、彼の書斎の本棚の最上部に鎮座しているという。

〈彼〉が霊験あらたかな奇書を持っているということであれば、〈彼〉を雇わないわけにはいかなかった。これこそ私が求めてやまなかった「文を尚《たっと》ぶ」やり方なのだから。

ただ、これには条件があった。狙う相手にその本を必ず読ませるためには、雇い主たる私が自ら運んで手ずから渡さなければならないと〈彼〉が言い、私はその命に従うことにした。

それにしても、それは何という本なのか？　物書きでなくても、知りたい欲求を抑えられないだろう。しかし、〈彼〉は書名を明かさなかった。もし、私がそれを知ったら、本の霊能がたちどころに消え失せてしまうというのだ。私とすれば、仇敵を一人殺しさえすればよく、二人目の予定は今のところないのだから、「ま、いいか」と彼の言い分をのむことにした。

私は殺し屋の言いつけに従って、宅配便の配達員の扮装をした。制服は百元出して知り合いの配達員から借りた。相手が住んでいる集合住宅のエントランスでインタホンを鳴らすと、相手は何も尋ねずに自分の階へ上げてくれた。

私の仇敵は愛想がよかった。宅配便の配達員でもドアの外に立たせておかず、わざわざ中へ招き入れてくれたのだ。靴をスリッパに履き替えたものかともじもじしていたら、靴のまま入れと言う。こうした気遣いに私の心はぐらついて、彼を殺そうなどという考えは捨ててしまおうと思ったぐらいだ。

彼の住みかを飾り立てるものは何もなく、簡素な暮らしぶりがうかがえた。百平米《へいべい》ほどの広さのほとんどを雑誌類が占拠している。同業者の競争心のせいか、私は彼の読書傾向に探りを入れようと、本棚の背文字にさっと目を走らせた。蔵書の数は私の想像をはるかに超えていた。

彼は私を待たせたまま包みの中身をあらためようとした。私はあわてて少し離れた場所に身をかわした。彼が死ぬより先に私が行ってしまってはたまらない。私は彼をまともに見ていられなかった。

そこへ貴州産のミニブタがふんふんと鼻を鳴らしながら走り寄ってきた。私の足の臭いを嗅ごうとするのか、何度も鼻をすりつけてくる。丸焼きにするのに丁度手ごろな大きさだ。こんがりと焼け、包丁が入ってぱりっと皮がめくれるさまを想像した。その美味は北京ダックの比ではない。

私の仇敵はミニブタに向かって手真似で「お座り」を命じ、ミニブタがちょこんと座ると、

「おお、よしよし、いい子だ！」と相好《そうごう》をくずした。

「この子は本が大好きなんです。正確に言うと、本の臭いが大好きなんです」

ミニブタはその本に食いつくような勢いで、ふんふんと鼻を鳴らす。彼は可愛くてならないといった眼差しで、手にした本の包みをミニブタの鼻の下へ持っていった。ミニブタは興奮して荒い息を吐いている。

私の心に緊張が走った。もし、ミニブタがそこでころりといってしまったら、ことは露見。すべてがおじゃんになる。私は焦って言った。

「先生、私の仕事は一応、品物をお渡しするところまでですので、そこのところよろしく……」

「もちろん、分かっていますよ。ご心配なく。この子は本をかじったり、食いちぎったりしま

せん。ただ、臭いを嗅ぐのが好きなだけなんですから」

彼が包みを開けると、中から出てきたのは、革製のハードカバーに金箔の文字が印刻された外国の本だった。彼は眉を上げて喜んだ。

「ほう、すごい！」

だが、配達伝票を見て言った。

「何だ、こりゃ。送り主は誰だ？　字がかすれて読めないぞ。くしゃくしゃして何て字だ。あんたの会社に文句を言わなくちゃな。ボールペンをけちらずに、新しいのに取り換えろって」

「はい、分かりました。申し伝えます」

私はうなずきながら、はっきり書いたら、ばれちゃいますからねと、心の中でつぶやいた。だが、彼はかえって私を慰めるように言った。

「いや、いいんです。いつも本が山ほど届きますからね。みんな私に書評を書いてほしさに、せっせと送ってくるんです。見ず知らずの作者からも届きますよ」

「みんな読むんですか？」と私は尋ねた。

彼はくすりと笑って言った。

「ほら、ご覧の通り、床が抜けそうな本の山。読もうたって、読み切れるものじゃありません。どうするかって？　面識のない作家の本は抽選です。どうするかって？　この子に臭いを嗅がせるんです。いつまでもくんくんやっている本はきっと何かある。読むことにします。一嗅ぎしてそっぽを向く本は、その場でポイします」

私はぞっとした。ここでポイされたら、これまでの苦労が水の泡だ。

彼は大事そうに陽刻の蔵書スタンプを取り出した。寄贈本の表紙を丁寧に開いて扉のページを広げ、力をこめて印を押し、さらに小さな紙ナプキンをその上にのせた。几帳面な愛書家の手つきだ。彼は本を閉じてから私に礼を言い、チップを払い、私がドアを出るまで、ついに私が誰なのか気づくことはなかった。

戻ってから私はすべての経過と情景を詳細に報告した。しかし、〈彼〉は喜ばず、なぜか眉根に皺を寄せ、私に尋ねた。

「蔵書印は何と彫ってありましたか?」

「確か『如意蓮華蔵書』とありました。優雅なものです」

「何が優雅なものですか。俗の極みです。『蓮華』はスーパーマーケットの名前でしょう。ですが、ミニブタを飼うのは、情操を養うのによいホビーといえるでしょう。情操とは美に感動する心ですからね」

私はあきれて吹き出しそうになった。殺し屋はやっぱり殺し屋だ。ブタを飼って情操の涵養だと!

殺し屋は私に尋ねた。

「あなたは本当にあの本を見なかったと断言できますか？」

「見ませんよ。外国語は分かりませんからね」

「彼はあれが何の本か、あなたにしゃべらなかったでしょうね？」

「いいえ」

「本当のことを申し上げましょう。落ち着いて聞いて下さい。私たちの計画は失敗する可能性があります」

「え？」

「まさかあの蔵書印が押されるとは、私の想定にありませんでした」

「どういうことですか？」

「蔵書印についた朱肉のせいです。朱肉は辰砂《しんしゃ》を含み、辰砂は厄除け、邪気を払う働きをします」

「まさか、私たちは正邪の邪の方なのですか？　厄払いされる側だとおっしゃりたいのですか？」

「おや、あなたはそう思っていないのですか？」と彼は逆襲した。

〈彼〉は歩きながらしゃべり始めた。

「漢方薬の古典『本草綱目《ほんぞうこうもく》』によれば、辰砂は朱砂とも呼ばれ、原名は丹砂です。丹は朱色を表しますから、朱砂とも呼ばれるようになったわけです。風水学によれば、朱砂は日月の精華である鉱脈から採取され、天地の正気を吸って極めて強い磁場を形作っています。朱砂を手に握ると、熱を持ってくるのは、磁力となって強い陽気を発しているからです。これが『アカ』の力というもので、朱に交われば赤くなるというのは、その働きを示しています。そもそも仏教において、朱砂がなければ、仏の開眼供養《かいげんくよう》も破邪顕正《はじゃけんしょう》も国家鎮護も病魔退散もかないません」

私はがっかりした。

「お気を落とさずに。あの本の効能がまったく失われたというわけではありません。放射性物質に半減期があるように、朱砂の陽気も時間と共に強度を減じていきます。こうなれば、力と力の戦いです。私たちの勝利を信じましょう。ここはひとまずお帰りになって、よき知らせをお待ち下さい」

そんなこと言われて、家でじっとしていられる私ではない。毎日仇敵の居住区へいそいそと出かけ、物陰から救急車の来るのをうかがった。彼の冷たくなった骸《むくろ》が搬出されるのを見送るためである。

救急車は来なかった。その代わり、犬猫病院の車が来て、あのミニブタの死体を運んでいった。西北の秋風が木の葉をすべて吹き払ったが、私の仇は相変わらずぴんぴんして活動にいささかの衰えも見せない。意気軒昂、当たるべからざる勢いで執筆を続け、夕刊紙から経済誌に至るまで雑文を書き散らし、その合間にあっちの選考会、こっちの座談会、文学全集の監修やら政府機関の諮問委員会やら引っぱりだこの活躍だ。

以前は自分で車を運転していたくせに、最近は差し回しの車がお出迎えにやってくる。以前に彼が乗っていたのは大衆車のジャッタだったが、それからはサンタナ、日産、アウディと格上げになり、そして最後に来たのは引っ越し会社のトラックで、家財道具すべてを運び出し、彼の姿も見えなくなった。調べてみると、どこかの省に招かれて副省長に就任し、文化・芸術・学術を担当しているということだった。

それから初雪が降って裸の木々の枝を飾り、私はネット上で彼の消息を知った。彼はそこで赫赫《かくかく》たる成果を上げている。

ネットの提灯記事によると、彼が着任して以来、その省の文化的雰囲気は一変して熟成の度合いを増し、今や馥郁《ふくいく》たる芳香を放つに至っている。文学や演劇、映画、音楽やオペラ、ミュージカルはこぞって太平の世を讃え、人々はその居《きょ》に安んじ、嬉々として生業にいそしんでいる。社会はついに公平と正義を実現した。人々はよき書物を好み、悪しき書を退ける。人々は善事を行い、悪事を遠ざける美風を身につけたという。

特筆すべきなのは作家が尊敬《リスペクト》の対象とされ、最高級の礼遇を受けるようになったことである。

すべての作家に住居が保証され、長編作家は四室、中篇作家は三室、短編作家は二室、詩人には一室が割り当てられるということだ。作家は自分の意見を述べることはない。なぜなら、作品はその字数がすべてだから、これ以上つべこべ何をつけ加える必要があるだろうか。

ただ一つだけ、問題を複雑にしていることがある。役人たちが世に範を示そうと、みんな小説を書き始めたのである。ある役人は字数において作家をはるかに凌駕する作品を書いているということである。作家たちも負けずに超大作をものにして、おびただしい字数が費消されるに到った。（「三田文学一一二号＝2013年冬季号掲載の座談会「現代中国文学のパワー」で中央大学教授・飯塚容氏が次の報告を行っている。「中国文学は長編ブームが続いています。……長編を書けるのが大作家だという意識があり、長編作品が十本あるとか、二十本あるとか、それが作家のステータスを決めると思っている節がありますね……」）

あるメディアがその副省長に取材して尋ねた。創作の世界から行政に転じ、文化・芸術・学術の政策とその管理に関わる理念はどこから生まれたのかと。彼の答えは、一冊の本にめぐり会ったことが人生の転機となり、それは見知らぬ人から宅急便で送られた本だということだった。私は切歯扼腕《せっしゃくわん》、地団駄を踏んだ。我がことならず。副省長の護衛は厳重で、もはや彼を暗殺できるのはおそらく省長しかいないだろう。

あの殺し屋は残金の請求に来ない。どの面下《つら》げて来られるものか。だが、これで一件落着とは参らないぞ。たとえ前金を返してきても、チャラになんかするものか。殺し屋が仕事をしくじったとき、金の代わりに命を差し出すのが渡世の仁義というものだ。男らしく落とし前をつけてもらおうではないか。

私は人民解放軍のレンジャー部隊にいて今は失業中という男を探し出した。因果を含め、いろいろな武器を隠し持たせて〈彼〉の行方《ゆくえ》を追わせた。ついに〈彼〉が図書館にいるところを見つけ出し、私と元レンジャー隊員は、使用中止になって閉鎖されているいるトイレへ連れ出すことに成功した。

仕事をどじったにもかかわらず、〈彼〉に悪びれる様子はなかった。こんなやばい場面にも動じる気配を見せない。

「あれが何の本か、言うつもりはありません。たとえ殺されようとね」と〈彼〉は言い、水洗トイレのボタンを押した。だが、水は出なかった。

「しかし、まあ、前金はいただいているわけですから、一つだけヒントを出しましょう。あの本は哲学書です」

「山ほどある哲学書を、一冊一冊探せとおっしゃるんですか。冗談はこれぐらいにして、前金を返していただきましょうか！」

殺し屋はあの死んだテンのように見えた。従順に両目を閉じ、しおらしく首を差しのべているかのようだが、返金には応じないと言う。

忍耐強い元レンジャー隊員は手を出さず、返金に応じない理由を尋ねた。

殺し屋は重い口を開いた。

それを聞いて、私は残りの半金を支払うことにした。

「まだ分かりませんか？　あの本は死んだ人間の局部の組織を再生し、生きた人間を死なせる本です。あの作家はとっくに死んでいるんです。生きているのは局部だけ。彼が副省長として成し遂げた文化芸術界の隆盛は、すべて彼の局部のなせる業《わざ》だったのです」

そしてつけ加えた。

「理論的にはこういうことですが、そこに朱砂のなせる業が新たに加わったということです」

朱砂。私は苦痛に満ちた思索に陥った。この世に朱砂があろうとは。朱砂よ、呪われてあれ。

# 解説

飯塚　容（中央大学教授）

過士行《グオ・シーシン》の名前は劇作家として、中国ではもちろん、日本でもかなり知られているのではないか。一九九九年に新国立劇場は過士行作、林兆華《リン・ジャオホア》演出による『棋人』をすべて日本人俳優で上演した。これは後述する「閑人三部作」の一作で、囲碁の名人の壮絶な生涯を描く。当時まだ健在だった呉清源が観劇に来たことが話題になった。

また、二〇〇六年には同じく新国立劇場が鵜山仁の演出によって、過士行の『カエル』を上演している。こちらは新国立劇場の企画「未来への記憶――われわれはどこへいくのか」のための書き下ろし作品だった。過士行は小林一茶の俳句にヒントを得て、自然との共生を主張した。経済成長と拝金主義に踊らされている現代社会への諷刺、人類が置かれているすべての環境に対する憂慮にあふれた芝居だった。

この二作を含む過士行の主要な劇作は、いずれも菱沼彬晁訳で、『中国現代戯曲集』（晩成書房）の第一、三、四、六集に収録されている。

その過士行が二〇一一年以降、小説を書き始めたことを知る人は中国でも少ない。なぜ、彼は小説を書こうと思ったのか。それはどうやら、中国の演劇界に対する失望と不満に起因しているようである。彼は二〇一五年にドイツの演劇雑誌のインタビューを受けたとき、おおむね以下のようなことを述べている。

> 西洋の哲学者や芸術家はつねに「人間」に関心を寄せてきました。しかし我々は、社会変革や生産力といった物質面のことに目を向けがちです。個人の感情をおろそかにしています。現在の演劇は国家主義、民族主義を喧伝していますが、このような偽りの「民族の誇り」は滑稽で幼稚なものです。人間が社会の大変革の中で受けてきた苦しみに対して、我々はすでに鈍感になり、それを反映する有力な作品が欠けています。一部の小説、例えば莫言《モー・イエン》はその境地に達していますが、演劇の分野には見当たりません。かつて、『雷雨』『日の出』『家』を書いた曹禺《ツァオ・ユイ》の時代の劇作家は、アーサー・ミラーの水準にあったと思いますが、その後はいません。高行健《ガオ・シンジエン》は個人の苦悶について多くの探究を重ねましたが、残念ながらフランス国籍となってしまいました。
>
> 問題は国内の審査制度です。審査制度のために、劇作家は一部の題材に手を出そうとしません。もちろん、劇作家自身の問題もあります。上演されること、発表できることが何より重要

なので、上演や発表を前提としない優秀な作品は作者の手元にあり、我々は目にすることができません。

中国の観客は喜劇を好みます。仕事や生活において抑圧と苦痛を感じているので、歓楽を求めるのです。喜劇を選ぶのは自分の神経を麻痺させるためでしょうが、本当に優秀な喜劇には一種の悲しみが隠されています。ところが、我々の喜劇は表面的なレベルの笑いにすぎません。

このような思いから、過士行は比較的発表が容易で、表現も自由な短篇小説の創作に手を染めた。その成果が本書収録の八篇であるが、これらの作品を理解するためには彼の人生遍歴や劇作家としての仕事の内容を振り返っておかなければならないだろう。

過士行は一九五二年、北京に生まれた。先祖は過百齢《グオ・バイリン》など囲碁の達人を輩出した家柄で、彼の祖父・過旭初《グオ・シュイチュー》とその弟・過惕生《グオ・ティーション》も有名な碁打ちだった。小学六年生のときに文化大革命が始まる。一九六九年には、「知識青年」として黒龍江省「北大荒《ベイダーホアン》」の「生産建設兵団」へ赴いた。文革中には多くの若者が毛沢東の呼びかけに応えて農村に移り住んだが、中でも黒龍江や新疆などにあった「生産建設兵団」は、辺境の開発と国防の役割を兼ねる屯田兵的な組織で、特に生活環境が厳しかったという。ここでの体験は過士行にとって、忘れがたいものであったろう。

過士行は一九七四年に北京に戻り、工場の見習い工などをしながら、無為の日々を過ごす。この時期に彼自身も囲碁に興じたらしい。一九七九年からは『北京晩報』の記者となり、「山海客」というペンネームでコラム「聊斎」を担当した。演劇評論や脚本創作も始めた。

その才能に目を付けたのが、北京人芸（北京人民芸術劇院）の演出家・林兆華である。一九九三年に北京人芸が初演した過士行の『鳥人』は、愛鳥家たちと精神分析医の対決をユーモラスに描きながら、誰もが精神を病んでいる現代社会を告発する作品で、大ヒットした。同様に、一九九六年に中央実験話劇院が上演した『棋人』は囲碁の名人と彼のかつての恋人の息子で新進気鋭の碁打ちが対決する話、一九九七年に北京人芸が上演した『魚人』は釣りの名人と魚の養殖業者が対決する話だった。これら趣味の世界に耽溺《たんでき》する閑人たちの生活を通して「人生とは何か」「人間とは何か」を追究する「閑人三部作」によって、過士行は劇作家の地位を不動のものとし、新聞記者の職を辞して中央実験話劇院に所属することになった。中央実験話劇院は二〇〇一年末、中国青年芸術劇院と合併して中国国家話劇院となる。過士行は二〇一二年に定年退職するまで、中国国家話劇院所属の劇作家として活躍した。

二〇〇〇年以降の劇作では、「人間の尊厳とは何か」をテーマとする「尊厳三部作」が知られている。二〇〇四年に上演された『厠所』（邦題は『ニーハオ・トイレ』）は、三十年にわたる北京の公衆便所の変遷と中国社会の変動、人々の意識の変化を重ね合わせた作品で、賛否両論が湧き起こった。大胆な題材選択やユーモアの裏にある社会諷刺を高く買う意見がある一方、品位に欠け舞台を汚す芝居だという批判も出た。これに続く『活着還是死去（生きるか死ぬか）』（邦題は『再見・火葬場』）は、告別式が行われる火葬場のホールで展開する亡者と魔術師と探偵によるブラック・コメディーだった。これもまた前作と同様、人生の意義を追究した劇という肯定的意見と厳粛であるべき人の死を笑いものにする不謹慎な劇だという否定的意見に評価が分かれた。

執筆時の心境が短篇小説にいちばん近いと思われるのが、三部作の最後を飾る『回家（帰宅）』である。二〇一〇年末に初演された。家に帰ろうとして帰れない認知症の老人の放浪を描く。老人は一九五〇年代に生まれ、文革中は教師を吊るし上げ、「知識青年」として極寒の地で農作業に従事し、いまは社会から邪魔者扱いされながら生き続けている。『文芸報』記者で演劇評論家の徐健《シュイ・ジエン》は、この作品を以下のように評価した。

『回家』は老年性認知症患者の視点から人間の一生、そして現代社会に対して、深く鋭い分析を行っている。過士行は老人の混乱に満ちた異常な訴えを通して、現代人が直面している精神の危機を我々に提示した。『回家』は霊魂を探し求める旅であり、誰もが望みながら到達できないユートピアでもある。

劇作家は社会の正統的な精神を宣揚することもできるし、隠喩を用いて観客に現実および自身の境遇に対する思考を促すこともできる。過士行は明らかに後者のタイプに属する。社会は進歩し、時代は発展した。生活のリズムは速くなり、生活の質は向上した。しかし、人間の心はますます孤独で、精神に変調をきたしている。『回家』には、過士行の近代化に対する疑問、そして物質的欲望のために人間の存在価値が軽視される現状への不満が示されている。

以上、回り道をしたが、このような経歴をたどり、このような劇作を発表してきた過士行が二〇一一年以降、小説の執筆を始めたのである。近年はむしろ、小説家が劇作を手がけるのがよく見られるケースで（劉恒《リュウ・ホン》、鄒静之《ゾウ・ジンジー》、潘軍《パン・ジュン》、莫言など）、逆は大変珍しい。作品の発表状況を見ると、最初の三篇が『新世紀』という財政・経済方面の週刊誌の「文化欄」に掲載されたあと、残る五篇はいずれも全国的に著名な文学雑誌に掲載されている。以下、発表順に各作品について簡単なコメントを記しておく。

**「スマート殺人」**（原題「知識殺手」）、初出『新世紀』二〇一一年第三七期（九月一九日発行）

売れない作家である「私」がインターネットを通じて雇った不思議な殺し屋の話。現代中国社会、とりわけ出版界、文学界の現状への諷刺が目立つ。過士行の日ごろの不満が反映されているのだろう。実際、御用評論家の存在や各種文学賞の不透明な審査基準は、これまで何度も問題になってきた。小説よりもテレビドラマの脚本のほうが、数十倍実入りがいいという話もよく聞く。

終盤、荒唐無稽な展開が苦笑を誘う。

**「傷心しゃぶしゃぶ」**（原題「傷心涮肉館」）、初出『新世紀』二〇一一年第四五期（一一月二一日発行）

「生産建設兵団」時代の「借り」を返すために「北大荒」に戻って不思議な体験をしてきた「彼」の話を「私」が聞く形で物語は進行する。「彼」も「私」も元「知識青年」だ。二人が語り合う場所は北京の老舗料理店「烤肉季《カオロウチー》（カオロウジー）」だが、話題の中心であると同時に物語のカギになるのは別の老舗、「涮羊肉（羊肉のしゃぶしゃぶ）」で有名な「東来順《トンライシュン》」である。現在は多くの支店を持つチェーン店となったが、かつては東安市場《トンアンシーチャン》の北側にあった。中国では北京情緒あふれる小説を「京味《ジンウェイ》小説」と呼ぶが、本作の「東来順」をめぐる描写は、それに近い。作品全体を通じて、ともに辺境に赴いた仲間の絆、人情の温かさが伝わってくる。

**「ご本人様ですか」**（原題「你是本人嗎？」）、初出『新世紀』二〇一二年第二一期（五月二八日発行）

現代社会を戯画化した小品と言える。国営工場のリストラで失業した男と市場経済の波に乗った男の対比によって、何でも代理人で済ませようとする風潮、性の乱れ、モラルの低下、偽物横行の世の中を皮肉っている。

**「心の薬」**（原題「心薬」）、初出『人民文学』二〇一二年第一一期

交通事故で障害を負った美女と彼女に献身的に尽くす男の物語。最も寓意性の強い作品かもしれない。男は薬草を探しに行った雲南でタイ族の娘と知り合い、文革中の「知識青年」の話を聞かされるが、一連の「北大荒」ものとは趣旨が異なる。漢族による乱開発批判も含めて、人間味を欠く現代社会、都市文明の冷酷さを問題にしているのだろう。

**「会うための別れ」**（原題「為了聚会的告別」）、初出『作家』二〇一二年第七期

これも「北大荒」の「知識青年」を描く。文革が終結に向かうと、「知識青年」たちは次々に都会へ戻って行くが、現地で結婚したカップルは規制があって帰れない。そこで、偽装離婚という手段を使うケースが多かったらしい。本作のカップルは妻に双子の妹がいるという設定で、話が複雑になる。人生の虚と実、現実と幻想の境界に成り立つ小説で、結末も謎のままで終わる。なお、この意味深長なタイトルはミラン・クンデラの「別れのワルツ」の中国語訳題としても使われている。

**「真夜中のカウボーイ」**（原題「午夜牛郎」）、初出『十月』二〇一三年第一期

牛飼いの「知識青年」と種牛の話。「生産建設兵団」の厳しい規律が背景にあるが、印象に残るのは人間と動物の意志疎通、相互理解である。農村を舞台とする小説では、しばしば取り上げられるテーマだろう。例えば、莫言も少年時代に牛の飼育をしていたことが、のちに多くの小説を生む契機となった。タイトルはアメリカ映画を意識したものか。

**「熱いアイス・キャンディー」**（原題「火熱的冰棍兒」）、初出『作家』二〇一五年第二期

一九七〇年代末、「北大荒」から北京へ戻ろうとしている父子の物語。大人の視点と子供の視点の交錯が読ませどころだろう。母親は偽装離婚で、下の子を連れて先に帰っている。父親は歓送会でしたたかに酔う。子供は地元の友だちとの別れが忍びない。そして意外な結末。過士行の小説は、どんでん返しで終わることが多い。

**「話せるものなら」**（原題「説吧」）、初出『花城』二〇一五年第四期

文革中の北京が舞台。唖者の少年と兄嫁の心の交流を描く。隔離審査の対象となった兄を釈放させるため、兄嫁は権力者に身を売る。大人の世界の苛酷な現実を知った少年は、虚しい抵抗を試みるのだった。兄嫁の愛情によって、少年が言葉を獲得する結末が感動を呼ぶ。

以上の八篇を本書では内容や時代背景に基づいて適宜、並べ替えている。妥当な配慮だろう。文革期もしくは文革直後を背景とするものが五篇、現代中国の腐敗、混乱を描くものが三篇。過士行にとって黒龍江の「生産建設兵団」で過ごした歳月がいかに重いものであるかがわかる。作風の特色としては、以下の三点を挙げることができよう。

一、雅俗共賞。知識人に訴える哲理性と庶民感覚の卑俗な表現が共存している。高尚な薀蓄《うんちく》が語られる一方で、下ネタ、下品な話題も枚挙にいとまがない。

二、人生の悲劇性と喜劇性を再現。苦難を乗り越えてきた庶民の物語をときにシリアスに、ときにユーモラスに描く。

三、隠喩に満ちたストーリー。現実を反映しつつも、不可思議な展開、幻想的シーン、象徴的な事物が登場する。

短篇小説創作を経て、過士行はこれからどこへ向かおうとしているのだろう。ここ一、二年の活動を見ていると、再び演劇界に軸足を移そうとしているようだ。

最も大きな仕事は、二〇一四年に中国国家話劇院が上演した『暴風雪』で、脚本と同時に演出を担当している。この作品は二〇一二年に、『五百グラム』というタイトルで脚本が発表されていた。体内に麻薬五百グラムを飲み込んだ「運び屋」の男が長距離バスに乗るが、暴風雪のためにバスは立ち往生してしまう。バスに乗り合わせた客たちの様々なエピソードを通して、混乱する現代社会を諷刺する劇だった。

過士行はこれより前、二〇〇八年にフランスの脚本家で俳優のジャン＝クロード・カリエール(『ブリキの太鼓』『存在の耐えられない軽さ』などの映画シナリオで知られる)の舞台劇『備忘録』を演出している。それ以来、演出家の仕事に興味を抱くようになったらしい。このほか、過士行は明代の小説に基づく『杜十娘再び百宝の箱を沈むこと』、現代作家・王小波《ワン・シャオボー》(一九五二〜一九九七)の小説を改編した『革命時期の愛情』などの劇作を執筆し、上演を計画しているという。今後の新しい成果に期待したい。

二〇一六年八月

**菱沼彬晁**（ひしぬま・よしあき）
1943年11月北海道美瑛町生まれ。
翻訳家、（公益社団法人）ＩＴＩ国際演劇協会日本センター理事、日中演劇交流・話劇人社事務局長、元日本ペンクラブ理事。
中国現代小説の主な訳業
・鄧友梅作『さよなら瀬戸内海』（図書出版）
・莫言作『牛』『築路』（岩波原題文庫）ほか
中国現代演劇の主な訳業及び日本公演作品
・日本文化財団制作　江蘇省昆劇院日本公演『牡丹亭』『朱買臣休妻』『打虎・遊街』
・ＡＵＮ制作　孫徳民作『懿貴妃』
・松竹株式会社制作　孫徳民作『西太后』
・新国立劇場制作　過士行作『棋人』『カエル』
・ITI国際演劇協会日本センター制作　莫言作『ボイラーマンの妻』、過士行作『魚人』
・劇団東演制作　沈虹光作『長江乗合船』『幸せの日々』『臨時病室』
**中国現代演劇の単行本、演劇雑誌掲載作品**
・早川書房刊「悲劇喜劇」掲載　郭啓宏作『李白』
・晩成書房刊『中国現代戯曲集』掲載　任徳耀作『馬蘭花』、過士行作『鳥人』『ニイハオ・トイレ』『再見・火葬場』『遺言』、孟冰作『これが最後の戦いだ』『白鹿原』『公民』『皇帝のお気に入り』『ミラーゲーム』ほか
受賞
2000年（平成12年）湯浅芳子賞

**飯塚 容**（いいづか・ゆとり）
1954年生まれ。東京都立大学卒業、同大学院修了。中央大学文学部教授。専門は中国近現代文学および演劇。著書に、『「規範」からの離脱――中国同時代作家たちの探索』（共著）、『文明戯研究の現在』（共編著）、『中国の「新劇」と日本』など。訳書に、余華『活きる』『ほんとうの中国の話をしよう』『血を売る男』『死者たちの七日間』、高行健『ある男の聖書』『霊山』『母』、鉄凝『大浴女』、蘇童『碧奴』、『河・岸』、韓東『小陶一家の農村生活』、王安憶『富萍』、閻連科『父を想う』など。2011年、中華図書特殊貢献賞を受賞。

会うための別れ―過士行短編小説集

二〇一六年一〇月一日 第一刷印刷
二〇一六年一〇月一〇日 第一刷発行

訳 者 菱沼彬晁

企画・編集 日中演劇交流 話劇人社
理事長 伊藤巴子
●〒184-0014東京都小金井市貫井南町五―二〇―一五
●電話・FAX〇四二―三八一―八三八九
●Eメール hi-si@s5.dion.ne.jp

発行所 株式会社 晩成書房
●〒101-0064東京都千代田区猿楽町一―四―四
●電話 〇三―三二九三―八三四八
●FAX〇三―三二九三―八三四九

印刷・製本 モリモト印刷株式会社

乱丁・落丁はお取り替えします
ISBN978-489380-471-6
Printed in Japan